Xiron Poetry Club

U0839484

我知道怎样去爱

阿赫玛托娃诗歌精选集

[俄] 安娜·阿赫玛托娃 著
伊沙 老G 译

Анна
Андреевна
Ахматова

浙江文艺出版社
Zhejiang Literature & Art Publishing House

简短自述

艾欣　译

我于1889年6月11日（公历23日）出生在敖德萨附近（大喷泉区），我的父亲在当时是一名退休海军机械工程师。刚满一岁时我被送到了北方的皇村，并在那里生活到十六岁。

我对皇村最初的回忆是这样的：富丽堂皇的园林葱郁而湿润，保姆带我去的牧场，跑着杂色小马的赛马场，老火车站以及别的一些东西。它们后来都被我写入了《皇村颂歌》。

每年夏天我都是在塞瓦斯托波尔郊外的射手湾度过的，在那里，我和大海成为朋友。那些年给我留下最深刻印象的是古老的赫尔松涅斯城，我们曾在它附近居住过。

我是把列夫·托尔斯泰的作品当做识字课本来学习阅读的。五岁时，听着老师给年纪稍大些的孩子们上课，我学会了说法语。

写第一首诗的时候我十一岁。对我来说，诗歌的启蒙不是来自普希金和莱蒙托夫，而是来自杰尔查文（《在皇室少年生日那天》）与涅克拉索夫（《严寒，红色的鼻子》），他们的诗我妈妈能倒背如流。

我曾就读于皇村女子中学，起初成绩很差，后来变好很多，不过我总是不太愿意学习。

1905 年我的父母离异，妈妈带着孩子们搬去了南方。我们一整年都住在叶夫帕托里亚，我在家里学完了中学倒数第二年级的课程。我时常怀念皇村，写了许许多多拙劣的诗。1905 年革命的回声隐约传到了与世隔绝的叶夫帕托里亚。中学最后一年我是在基辅念的，在冯杜克列耶夫中学，并于 1907 年从那里毕业。

我进入了基辅高等女子学校的法律系。一开始只能学习法学史，尤其是拉丁文，我当时还挺满意；不过后来开始学习纯粹的法律科目时，我就对专业失去了兴趣。

1910 年（旧历 4 月 25 日），我嫁给了尼古拉·古米廖夫，我们去巴黎度了蜜月。

在巴黎鲜活的身体上（如左拉所写），建造新的林荫道的工程尚未全部完工（拉斯帕伊林荫道）。艾迪逊的朋友维尔纳指着先贤祠小酒馆的两张桌子和我说：“这里有很多你们的社会民主人士，这是布尔什维克，那里是孟什维克。”爱变换花样的女人们一会儿尝试穿短裙裤（jupes-culottes），一会儿又去穿那种几乎裹住双腿的裙子（jupes-entravées）。诗歌在那时完全无人问津，人们之所以买诗集，仅仅是因为上面印着多少有点名气的艺术家画的小花饰。我当时就明白，巴黎的绘画已然吞噬了法国诗歌。

搬回彼得堡后，我在拉耶夫高级文史学校学习。在这期间我写了一些诗，它们被收录在我的第一部诗集中。

当人们给我看了伊那肯季·安年斯基的诗集《柏木雕花箱》校样后，我激动万分，读着它，忘记了世上的一切。

1910 年，象征主义的危机明显地暴露出来，崭露头角的诗人们已经不再追随这一流派。一些人加入了未来主义，而另一些人则加入了阿克梅派。我与“第一车间诗人”的同僚——曼德尔施塔姆、曾凯维奇、纳尔布特一道，成为阿克梅人。

我在巴黎度过了 1911 年的春天，并在那里亲眼目睹了首个俄罗斯芭蕾舞季的成功。1912 年，我游遍了意大利北部（热那亚、比萨、佛罗伦萨、博洛尼亚、帕多瓦、威尼斯）。意大利的绘画和建筑给我留下极其深刻的印象：它如梦如幻，让人终生铭记。

1912 年我的第一本诗集《黄昏》问世。它只印了三百册。人们对它的评价还算不错。

1912 年 10 月 1 日，我唯一的儿子列夫出生。

我的第二本书《念珠》于 1914 年 3 月出版。它的发行销售也就持续了大概六个星期。5 月初，彼得堡的社交季走向尾声，人们都渐渐离开这座城市。这一次和彼得堡的分离竟成永别。我们再回来时，它已不再是彼得堡，而成了彼得格勒。我们一下就从 19 世纪跌入了 20 世纪，一切都面目全非，城市的风貌首当其冲。原来，一位初出茅庐的作家写的爱情诗小册子注定要埋没在世界性的事件中。时间对待事物的方式与我们的想象并不一样。

每年夏天我都是在曾经的特维尔省的一个地方度过的，那里距别热茨克 15 俄里（译注，约 15 公里），风光并不迷人：丘陵上被翻耕成整齐方块的田地、磨坊、泥潭、干涸的沼泽、“边门小屋”、庄稼……《念珠》和《白色的鸟群》中的许多首诗我就是在那里创作的。《白色的鸟群》于 1917 年 9 月出版。

读者和批评家对这本书的评价是不公的。不知为何，它还不如《念珠》受人欢迎。这本诗集诞生在重大社会变革的节点上。交通瘫痪——书甚至无法运往莫斯科，在彼得格勒被全部售罄。杂志社纷纷倒闭，报社也同样如此。因此相比于《念珠》，《白色的鸟群》并未大张旗鼓地发行。饥饿和破坏日益严峻。奇怪的是，这些情况放到现在都不算什么事儿了。

十月革命后，我在农学院的图书馆工作。1921 年出版了我的诗集《车前草》，1922 年出版了《公元 1921 年》。

大约从 20 世纪 20 年代中期开始，我怀着极大的热忱和兴趣，着手于旧彼得堡建筑和普希金生平创作的研究。我对普希金研究的成果有三个：论《金鸡》、论班杰明 · 康斯坦的《阿道夫》以及论《石头客人》。这些文章都在当时得以发表。

我最近二十年创作的《亚历山德林娜》《普希金与涅瓦海滨》《普希金在1828年》应该将被收录在《普希金之死》一书中。

自20年代中期起，我的新诗几乎无法再发表，而旧作则不予再版。

1941年的卫国战争使我被迫困留列宁格勒。9月底，封锁已经开始了，我才乘飞机到了莫斯科。

直至1944年5月，我都一直住在塔什干，我急切地搜寻关于列宁格勒和前线的一切讯息。与其他诗人一样，我也常常去军医院慰问表演，为受伤的战士们读诗。在塔什干，我第一次知道树荫和水声对于酷暑意味着什么。我也知道了什么叫做人性之善：在塔什干我得了好几场重病。

1944年5月，我飞回到了春天的莫斯科，那时全城已经充满了胜利临近的喜悦与期望。6月我返回了列宁格勒。

这个可怕的幽灵，它乔装成我的城市的样子，让我惊惧万分，我把与它的相遇详细地写进了散文里。那段时间我写了《三棵丁香》和《做客死神家》等随笔——后者与我在捷里奥基前线朗诵诗歌一事有关。散文对我而言一向既神秘又带着诱惑。我从一开始就深谙诗歌的方方面面，对散文却从来都一无所知。所有人都对我创作散文的尝试给予了高度评价，而我本人，当然，对此并不信以为真。我请教左先科，他叫我把其中某些段落删去，并且告诉我其他部分都可以保留。我很高兴。然而，在我儿子被逮捕后，我把它和所有文稿一同烧毁了。

我对文学翻译一直充满兴趣。在战后的岁月里，我翻译了很多作品，至今仍然还在翻译。

1962 年我完成了《没有主人公的叙事诗》，这部长诗我写了二十二年。

去年冬天，在“但丁年”前夕，我再次听到了意大利语的声音——我参访了罗马和西西里岛。1965 年 5 月，我去了莎士比亚的故乡，见到了不列颠的天空和大西洋，与老友重聚，也认识了新朋友，还再次访问了巴黎。

我没有停止写诗。对我来说，诗歌蕴含着我与时代、我与同胞的新生活的关联。当我写作时，我的生命便与诗韵交织在一起，这韵律在我的国家英勇的历史中不停回响。我是幸福的，因为我生活在这个年代，并见证了那些无与伦比的事件。

1965 年

写于安娜·阿赫玛托娃100周年诞辰

［美］约瑟夫·布罗茨基

这磨难和诗页，这断发和宝剑，
这谷物和燧石，这喃喃低语和铮铮有声——
上帝拯救了所有的一切——尤其是爱与怜悯
的话语，作为他说出的唯一途径。
严酷的脉搏猛击着，血液的激流鞭打着，
铁锹均匀地敲打在它们之中，通过温柔的缪斯产生，
因为生命如此独特，它们来自凡人的嘴唇
声音比草包牧师更清澈。
哦，伟大的灵魂，我正在海外向你
鞠躬，你发现了它们，还有那——你暗自燃烧的命运，
长眠于祖国大地，她感谢你，至少让她
得到了在聋哑的天空海洋中发言的礼物。

1989 年

目录

第二卷　去活（1927—1949）

第三卷　我渴望玫瑰（1950—1966）

第四卷　安魂曲（长诗）

第　一　卷

触摸天堂的火焰

（1904—1925）

“我摘下好看芬芳的百合花……”

我摘下好看芬芳的百合花，
小心谨慎，未敢公开，像一位主人的无辜女仆：
从它们带露的颤抖的花瓣
我饮下一杯香气弥漫的酒，又幸福又平静
然后我的心开始畏缩，仿佛陷于痛苦之中
于是这面色苍白的花儿点了点它们的头
然后我再一次梦想遥远的自由，
来自我和你在一起的那片国土。

1904年

致 ×××

哦，嘘！这些不可思议、惊心动魄的话语
令我战栗，令我燃烧，
对我来说，这很可怕
以至于我无法将我温柔的目光撕开。

哦，嘘！在我正值妙龄的心里
你唤醒了某种奇妙的东西。
对于我生命似乎像一个非凡、神秘的梦想
在花儿——亲吻的地方。

为什么在我面前你把躬鞠得这么低?
在我眼中你读到了什么?
为什么我会战栗？为什么我会燃烧?
走开！哦，为什么你却已经到来。

1904—1905年

“我知道怎样去爱……”

我知道怎样去爱。
我知道怎样变得温柔和顺从。
我知道怎样看穿某人的眼睛，
面带迷人、魅惑、迟疑的微笑。
还有我柔软的身体那么轻盈苗条，
还有我飘香的卷发那么亲切柔顺。
哦，和我在一起的人儿苦恼
并被柔情万种所笼罩……
我知道怎样去爱。我貌似害羞。
我如此胆怯、温柔并且永远安静，
我只用我的眼睛说话。

它们清纯，
所以透明，光芒四射，
幸福的祭品。

相信我——它们会欺骗，
只是变得更加蔚蓝，
更加温柔和明亮，

蓝色明灯闪耀着烈焰。
还有我的芳唇——深红的幸福，
洁白乳房胜过山巅积雪，
我的声音——蓝色小溪流水潺潺。
我知道怎样去爱。我的吻把你等待。

1906年

“好像它……”

好像它常去爱情破裂的地方，
最初的幽灵重返我们身边，
银色柳树通过窗户伸展进来，
她那温柔的树枝白银般美丽。
鸟儿开始唱一支光明而快乐的歌曲
面对我们，他恐惧于自大地上高举起自己的形象，
如此崇高、苦难和热情，
歌唱着我们一块被拯救的日子。

1907年

阳光

我自窗口向阳光祷告——
它苍白、消瘦、笔直。
一早起来我一直沉默，
于是我的心……劈开。
我盥洗台上的镀铜
已经变绿，
但这阳光还在上面演戏
因而妩媚动人。
它是多么无辜、单纯，
在平静的黄昏，
但对我，在此冷宫里
它仿佛一个金色庆典，
和一个安慰。

1909年

读《哈姆雷特》

1

墓地旁边是一大片蒙尘的热土；
后面的河流——蔚蓝而冷酷。
你告诉我："嗯，去一座修道院，
或去嫁一个傻瓜……"
王子总是这样说，平静或激烈，
但我很珍惜这次讲演，短暂而可怜……
让它流光溢彩一千年，
像做披风时用于肩部的皮毛。

2

还有，像是
在错误的场合，
我说，"你"及其他……
一个简单快乐的微笑
照亮了亲爱的脸。

来自这样的过失、讲述或精神，
每一张脸都会燃烧。
我爱你好像四十个温柔
妹妹的爱情与祝福。

1909年

“枕头热……”

枕头热
在两边
第二根蜡烛
正在死去，乌鸦们
正在哭泣。整夜
未眠，睡梦
太晚……
多么叫人受不了的白啊！
白色窗口的这位盲人说：
早上好，早上好！

1909年或1910年春

灰眼睛国王

万岁！恭喜你，哦，一成不变的痛苦！
年轻的灰眼睛国王已于昨日被杀。

这个秋夜闷热、泛红。
我的丈夫回到家悄悄说：

“他去打猎，他们把他运回家；
他们在老橡树的圆顶下找到他。

我可怜的王后。他如此年轻，便已逝去！……
一夜之间她满头青丝变成了灰色。”

他在温暖的壁炉上找到了他的烟斗，
然后悄悄离开了习以为常的家。

现在我的女儿快要醒来，起床——
妈妈会望穿她亲爱的灰眼睛……

窗外白杨沙沙响仿佛在歌唱：
“你将再也见不到你年轻的国王……”

1910年

“我在地狱……”

我在地狱阴森的大门前站了很久，
但是全部地狱都只有黑暗和平静……
哦，甚至连魔鬼都不需要我的税金。
不管怎样我会来吗?

1910年

他喜欢

在这个世界上他喜欢三样东西：
晚祷时唱诗班的吟唱、患白化病的孔雀，
和磨损褪色的美国地图。
他不喜欢孩子哭，
或用红草莓佐茶，
或女人歇斯底里。
……我是他妻子。

1910年9月9日　基辅

“我们的命运，如此精彩……”

——致瓦·谢·斯列兹涅夫斯卡娅

我们的命运，如此精彩，厚颜无耻，
把我们称作“上帝骚动的女祭司”，
但我知道我们会被赦免
为了让全体观看戴枷示众，
为了跟引发犯罪的他约会，
为了爱永远不来召唤的他，
只看那里！……它富丽堂皇地开始了——
我们的黑色而血腥的假面舞会！……

20世纪10年代　皇村

“我不喜欢花……”

我不喜欢花——它们常常提醒我
葬礼、婚礼和舞会；
它们在桌上的存在只是为了一顿晚餐的邀请。

* * *

但代表永恒的玫瑰，永远简单的魅力
是我的慰藉，当我还是个孩子的时候，
保留下来——我的遗产——若干年后，
像莫扎特永生的音乐在吟唱。

1910年　皇村

“假如天上的月亮不流浪……”

假如天上的月亮不流浪，
而是变凉，像一头海豹在上，
我死去的丈夫就会回家
来读这些爱之信札。

他还记得这个盒子，橡木做的，
上锁，非常隐蔽而又奇特，
然后打开，铺满地板，摩挲
他铁链中的双脚。

他看各种会议的时间表
和模模糊糊的签名集。
他是否伤悲欲绝
直到那时，在这个词里?

1910年

致缪斯

我姐姐缪斯望着我燃烧的脸——
她的一瞥明亮而清澈——
拿走我的金戒指离开它的法定之地——
那是我所拥有的第一件春天的礼物。

“缪斯！你看她们有多高兴——
寡妇、妇女和处女?
我想在每天的车轮下得到我的死亡，
以免承受这些最沉重的枷锁。”

我懂得那些，同时炮制了一首赞美诗，
我已抛弃雏菊的花瓣。
每个人，每个地方，一度必须派去
这个多愁善感的浪子。

蜡烛在我的窗台上燃烧，
因为悲痛，没有其他理由，
但我不愿知道或感觉莫名其妙
他如何亲吻他人。

在这早晨，镜子将带着微笑告诉我：
“今天你的目光并不明亮清澈……”
我将回答它：“亲爱的，缘于我的心
已被我们的救世主的光明撕裂。”

1911年

最后一面的诗

我的乳房生出无奈的凉意，
但我的脚步却奔向光明。
我把我左手的手套
错误地戴到了我的右手。

似乎有那么多的台阶，
但我深知只有三级！
枫树下一声秋天的耳语
乞求："跟我去死！"

我被邪恶领入迷途
命运，这么黑，这么不真实，
我回答："我也这么想，亲爱的！
我愿和你一起死……"

这是最后一面的诗。
我瞟了一眼房子黑暗的轮廓。
只有卧室的蜡烛在燃烧
用其冷漠的黄色火苗。

1911年9月29日　皇村

仿英·费·安年斯基

你，哦，我最初的倾慕，
我要离开。东方正蔚蓝地走来。
“我会记住。”你天真烂漫地提及。
不止一次——当时我仍然信赖你。

它们出现，它们消失——一张张面孔：
此刻你在这里，但是今晨还在远方。
为什么这只是所有书中的一页，
我曾长久折起它的一角？

每一次都只打开这本书
在同一页，但它非常陌生。
因为这是最后的瞬间——一切都在这里——
因为好像多年没有从它的边缘经过。

他曾说过：“心乃石头所造。”
我有一念：“只有火焰能将它喂饱。”
我将永远不会领悟：你是我拥有的
或只是与身陷爱情的我在一起。

1911年

白夜

我没有锁门，
也不点燃蜡烛，
你不知晓，也不在乎，
我全身无力的疲惫
却不想上床。
看见田野褪色
夕阳松针般阴郁，
知道一切都在失去，

生活是地狱的诅咒。
我喝得酩酊大醉
你的声音在门口响起。
我确信你回来了。

1911年

“我蒙着面纱……”

我蒙着面纱，双手紧握，昏暗而朦胧……
“你为何面色苍白心烦意乱？”
“因为我今天让他发了疯
用懊悔的酸葡萄酒。”

忘不了！他满面惊愕，嘴唇
被痛苦扭曲，踉跄着出门离去，
我连栏杆都未扶一下便冲下楼去
追他一直到小巷。

完全窒息，我哭喊：“那是个玩笑——
全都是闹着玩。你走了，我会死。”
他异常平静地微笑着，好像轻柔的抚摸：
“这儿是个风口——快点走过去。”

1911年

太阳的记忆

太阳的记忆自心灵渗漏。
青青草地开始泛黄。
依稀宛若所有初雪的雪花
在天庭彷徨。

水凝结成冰，慢了下来
在狭窄的渠道里。
在这里没有什么再度发生，
永不发生。

对着天空柳树伸腰成一把扇子
丝线被扯下。
也许这是更好的——我没有成为
你的妻子。

太阳的记忆自心灵渗漏。
这是什么？——黑暗吗？
也许！冬天将占领我们
在夜里。

1911年

题未完成的肖像

哦，别在我头顶叹息，
那会变成徒劳的有罪的悲伤。
在这灰色细麻布般的广场上，
我奇怪而又暧昧地浮现。

这抬起骨折双臂的痛苦，
眼里有一丝迷乱的笑意，
我无法变成别的样子
面对这沉重不堪的苦涩时刻。

那是他想要的，那是他命令的
用寻死觅活恶毒有加的话语。
我焦虑的嘴唇发紫
我的脸蛋惨白如雪。

然而他没有丝毫犯罪的内疚，
他离开了，正窥入别的眼睛；
但是我，我什么都没有梦见
在毁灭性的昏睡中。

1912年

“感谢你，上帝……”

感谢你，上帝：我越来越少梦见他，
如今在任何地方都不见他，
白色小径与苦恼的云相伴。
舒适的阴影上空水在疾走。
所有的日子都有钟声出现
在耕地土壤般的海洋上空；
这里的钟声最为悦耳，来自圣约翰
钟楼，高大，在那里可以眺望远方。
我切断了时尚的紫丁香
出于悠闲，它们已经不再开花；
两个黝黑的修道士正在交谈中经过
在城墙上面对老去的命运。
让你，为盲目的我、平原、亲爱的和世俗的
世界再一次活过来吧。
我们的主已经创造了我们健康的灵魂
带着无爱的冷静。

1912年

“我教自己简单明智地生活……”

我教自己简单明智地生活，
仰望苍穹，向上帝祈祷，
傍晚之前长途漫步
消耗我过剩的忧虑。
当山沟里牛蒡沙沙作响
黄红相间的花楸浆果簇拥着下垂，
我写下快乐的诗句
关于生命的衰变，衰变和美丽。
我回来了。毛发蓬松的猫咪
舔着我的手心，咕噜咕噜叫得那么动听
烈火熊熊分外耀眼
在湖畔锯板厂的炮塔上。
偶尔只有鹳降落在屋顶上的叫声
打破了寂静。
如果你敲我的门
我可能甚至听不见。

1912年5月

致弗·库·索洛古勃

你的芦笛在这万籁俱寂的世界上空歌唱，
继而死神神秘地随声附和，
但我是无助的，被你的残忍制造的甜蜜
所折磨并沉醉。

1912年3月16日

彼得堡诗篇

1

再一次圣伊萨克教堂穿上
银铸的长袍。
而在暴躁难耐中被冻僵的
是彼得大帝傲然挺立的爱马。

一股严酷而令人窒息的风
自黑烟囱升起席卷烟尘……
啊！他的新都
令君主不快。

2

我的心跳得平静、稳定，
对我是多么漫长的岁月！
在加列尔大街的拱门下，
我们的身影，永永远远。

透过低垂的眼睑
我看见，我看见，你和我相伴
你的手中永远举着
我从未打开的折扇。

因为我们并肩而立
在那幸福神奇的时刻，
玫瑰色月亮复活的时刻
在夏季花园的上空——

我无须等候
在某个令人厌倦的窗口，
或是坐卧不安的约会——
我全部的爱心满意足。

你是自由的，我是自由的，
明天将比昨天更好——
在涅瓦河幽暗的流水之上
在彼得大帝
冰冷的微笑之下。

1913年

“我的脖颈被珠子遮蔽……”

我的脖颈被珠子遮蔽，
在十足的笨拙中，冰冷的两手空空，
茫然的双眼在眼皮下呆望——
它们永远不会在旧日之上哭泣。

更加苍白的似乎是我悲伤的脸
在淡紫色的丝绸上刺眼，
眉毛几乎能够被拥抱
被长长的伸直的大胆的刘海。

如此之缓慢、谨慎的步态
一点都不像天上的飞行——
好像这地板造得奇怪
用大量原木，但却是正方形的镶木地板。

我的嘴唇开启了一点点，
然后呼吸加快像在发烧，
然后这忧伤的花朵——我中间的乳房——
这从未发生过的约会。

1913年

“我如此祷告着……”

我如此祷告着：“主啊，熄灭吧。
我在诗中放声歌唱的深深渴望！”
但对于世俗的世界
却没有任何释放的机会。

仿佛圣坛上无法逃逸的青烟
飘上圣父天下闻名的宝座——
但只有飘浮到脚下
方可亲吻可贵的草地——

如此我亲吻你的地面，哦上帝！
将永远触摸天堂的火焰
我使劲关闭双眼的睫毛，
还有这奇怪的沉默，您欣赏吗？

1913年

“我生逢其时……”

我生逢其时，总而言之，
唯有这个时代是唯一被赐福过的，
但是伟大的主却不让我卑微的灵魂
栖居在毫无欺骗的大地上。

因此，黑暗降临我的屋子，
因此，我所有的朋友，
仿佛悲伤的鸟群，夜半醒来，
歌唱爱情，但从不在大地上。

1913年

“有多少要求……”

有多少要求爱人可以做到！
被抛弃的女人，一个也没有。
我是多么高兴，今天的河水
在毫无色彩的冰层下静止不流。

而我站立其上——基督救命！
在这易碎明亮的裹尸布上，
救救我的书信
以便我们的后代能够主宰他们的命运。

你如此勇敢和智慧，
将被他们更清楚地洞见。
也许，我们可以留下一些空白
在你辉煌的传记里？

太甜——俗世的酒，
太紧——爱情的网。
某个时刻让孩子们读
我的名字在他们的课本里，

在上面学习这悲伤的故事，
让他们腼腆地微笑……
因你既不赐我以爱也不赐我以和平
而是授予我苦难的荣耀。

1913年

“真正的温柔是沉默……”

真正的温柔是沉默
无法被误认为是别的。
徒劳与热望相伴
你用毛皮盖住我的肩膀；
你无用地试图说服我
用初恋的优点。
但我太了解它的意图
你固执的燃烧的眼神。

1913年

在黄昏

花园里的音乐远远地对着我
用无以言表的施舍。
冰冻与新鲜的牡蛎一起散发出腥味，
连同锐利的北海。

他告诉我："我是最好的朋友！"
然后轻轻触摸我礼服的花边
哦，多么不同于拥抱
这简单的触手。

喜欢他们宠养的猫、鸟……
或看奔马似的少女……
仅仅一个恬静的笑姿
男儿睫下有黄金。

悲伤的小提琴声
低低漫过薄雾对我歌唱：
"感谢冬青和这欢天喜地——
你是头一回和你心爱的人在一起。"

1913年

“他们不来见我……”

他们不来见我，到处流浪，
与明亮的灯笼一起大步向前。
我走进安静的家
在朦胧中，月光流入水桶。

在一盏灯的绿色光晕下，
面带愤怒但保持微笑，
我的朋友说：“灰姑娘，
你的声音很陌生……”

一只蟋蟀拉着它的小提琴，
一团炉火长出了黑烟。
哦，有人拿走了我的小白鞋
出于生计之故，

并且送我三朵康乃馨，
当我将其投向黎明之眼——
你的罪恶被指控，
你隐瞒不住。

还有心不愿意相信
在这段时间，它死死关闭
当他想要找女人的时候
就试穿我的小白鞋。

1913年

问候

你是否听见柔软的沙沙声
在你的桌边?
不要烦心于写作
我将来到你面前。

可能你生气了
和我在一起就像最后一次?
你说你不想看见我的手，
我的手或我的眼。

我和你在你明亮、简朴的房间。
不要赶我走
去到那寒冷的地方，阴郁的河水
在桥下流淌。

1913年

“我们俩不愿在一起分享一杯……”

我们俩不愿在一起分享一杯
无论是水或甜甜的红葡萄酒；
我们不愿在早晨接吻，
也不愿在深夜，尽情享受大放异彩的夜……
你呼吸太阳，我呼吸月亮；
我们被永恒的爱情团结。

我总是与我真正的灵魂伴侣在一起，
你有你笑口常开的女友陪伴；
我依然熟悉你眼中的沮丧
因你是我终此一生的疾病。
我们相聚的日子不会增长、变长，
这是怎么了，它注定兑现我们的和平。

然而，它是我的呼吸流动在你的诗韵里，
同时在我的诗韵里你的声音正明朗地歌唱；
哦，既不忘记，也不恐惧
将永远敢于触摸这火焰。
我愿你知道此时此刻我是多么渴望
触觉你干燥红润的嘴唇，不知何故。

1913年

“我站在金色灰尘中……”

我站在金色灰尘中
看见我的朋友来到门前。
隆重盛大的钟声传出
来自附近的小钟楼。
丢掉吧！那些虚头巴脑的话……
我是什么，一朵花或一封信？
但我的双眼已然顽固地凝视
穿透这黑暗的镜子。

1913年

1913 年 11 月 8 日

阳光已将房间填满
用金色的历历可数的灰尘颗粒。
我醒来了还记得，
亲爱的，今天是你的生日。

但在我窗外的远方
白雪已经覆盖大地，
并且让我忘记，因此现在应当赎罪，
我又睡去了，无梦。

幽居

这么多石头在我身上翻飞，每时每刻，
现在它们中没有一块是可畏的。
进入这座塔，向最高的几块看齐，
打破一个圈套，之前为我所设计。
我感激高墙的建造者，
让它们错过了悲伤和烦恼。
我一早起来便可以从此看见猩红色开阔的丘陵地带，
在这里赞美那最后一道夕光。
常常透过我房间的窗户看到，
北方清新海风中的涨潮，
一只鸽子吃完麦粒飞离我的手，静静地坐着，
还有不曾写满的同样的诗页，
将被写出来给它的幸福结局，
被有福、沉着、光明和黝黑的缪斯之手。

1914年

回答

——致弗·阿·科马洛夫斯基

哦，多么奇怪的话语
把四月平静的一天带到我处。
你知道在我的心灵和思想中，
那恐惧的受难周已经结束。

我没有听到丧钟敲响，
蔚蓝色河流里的谴责，
除了青铜般的笑声——持续七日——
或哭泣的泪水，流淌出银子。

而我，悲伤地盖住我的脸，
仿佛从前命中注定的分离，
我在等待着她——
称之为“拷问”的步履。

1914年春　皇村

“当我前去拜见这位诗人的时候……”

——献给亚历山大·勃洛克

当我前去拜见这位诗人的时候
是个中午。那天是星期天。
大大的房间，大而安静；
在冰封的街道上……太阳

是一个绯红的圆球。在它下面
毛茸茸、鸽灰色的雾霭在漂流——
主人无言地站在我面前：
多么平静，多么清澈，他的目光！

那样的双眼，谁一旦看见
将无法忘记。
对我来说，更安全的
干脆别让我与之相遇。

但我老是记得
那个星期天我们聊了什么，
在那幢高大灰色的房子里，它耸立
在大海入海口的一侧。

1914年

“你，最先站在……”

——致亚历山大·勃洛克

你，最先站在源头前的人
带着你的微笑，所以才会致命地大醉！
多么拷问我们的一瞥，你自身的——
夜里猫头鹰般沉重的一瞥。

但可怕的年代即将过去，
你会重返年轻，无忧无虑，
我们会保存这份寒冷、神秘
短暂，把仅有的一次给你。

1914年（？）

“你怎能忍心望着涅瓦河……”

你怎能忍心望着涅瓦河?
你怎能忍心跨过这座桥?
因这伤心的一幕我知道并非徒劳无功
自打你在这一刻出现，向我走来。
黑色天使的翅膀锋利，
最后审判日即将来临，
还有树莓般深红的篝火盛开，
像玫瑰，在雪中。

1914年

“缪斯女神在路上离去……”

缪斯女神在路上离去，
狭窄陡峭的秋天之路，
她温暖的双足踩脏于
令她滑倒的大颗露珠。

我用希望和恐惧恳求她，
留下来待到冬天镶起白色的花边，
她回答说：“在这里有一座坟墓，
在如此之地你怎么还能够呼吸？”

我希望送她一只雌鸽，
我们鸽巢中最洁白的，
但突然并且毫无理由，
她在我修长的客人身后逃走。

我呆望着缪斯女神沉默的背影，
我只爱她直到生命的终结
继而天空中生长出一个日出般的巨人，
像她踏入自己国土的大门。

1915年

“哦，主啊，我能够原谅……”

哦，主啊，我能够原谅他们对我所做的，
只是因为更强，我是一只野鹰也会撕裂一只羔羊，
或者一条蛇——刺痛草地上的安眠，
对比人类，且看人民群众在大地上
干什么，然后穿过败坏道德的羞耻
面对天堂纯洁的火焰不敢抬起我的双眼。

1915年

“但是还有，在某些地方……”

但是还有，在某些地方，简单的生活和光明
温暖、快乐和绝对的干净……
在那里，邻里穿过栅栏交谈，光明正大，
和一个甜美的少女在一起，只有蜜蜂能够听见——
这善良的温柔的情话。

但我们住在此处——芸芸众生庄严而辛苦——
我们悲伤集会上的颁奖仪式，
当我们的讲话，好像一朵蓓蕾开花，
却遭严寒肆虐风吹雨打。

而我们却永远不会去寻求一个替代
为这宏大的城市……我们的灾难和奖品
最宽阔的河面上曾经浮冰闪耀，
幽暗的花园，隐藏于太阳的电波
和缪斯女神声音的修长苗条的幻觉。

1915年

今夜的灯金光灿烂

今夜的灯金光灿烂，
四月的凉爽那么温柔，
尽管你来得太迟，迟到多年
我依然欢迎你走进家门。

刚好在我旁边你为何不坐
并用幸福的双眼望向四周。
这小小的笔记本里的诗
写于我的童年时代。

原谅我，我曾经的生活和悲哀，
不必感激阳光……
请原谅我，原谅我因为
我一直错误地把你当作其他人……

1915年

“我不知道你是活着还是死去……”

我不知道你是活着还是死去——
是否该在这世上找你
还是仅仅在夜晚的冥思中，
当我们为死亡平静地哀悼。

一切都是为你：我每日的祈祷，
失眠症患者惊心动魄的狂热，
我双眸中的蓝火焰，
还有我的诗，那洁白的羊群。

无人与我更加亲密，
无人令我柔软如斯，
甚至无人把我委托给折磨
甚至无人爱抚然后忘记我。

1915年夏　斯列普涅沃

“我当然停止微笑……”

我当然停止微笑，
一场白霜企图将我的嘴唇冻结，
一个希望从希望的档案中逃离，
一首诗来到一本诗集中，郁闷。
这首诗，无人看，无人听，
我将报之以嘲笑和反抗
因它超越了所有的忍受——
充满爱的灵魂的痛苦是沉默的。

1915年

“在人类的亲密中……”

在人类的亲密中有一个秘密的边缘，
爱情和激情也不能越过如上边界，
嘴唇紧抿加入沉默的愤怒，
于是心灵被爱情炸裂。

还有友谊，是无能为力的密谋，
那么多年用高尚照料的幸福，
当你的心是自由的并且无名，
这缓慢乏力的朴实感觉。

于是他们努力抵达这个边缘并为之发疯，
但他们抵达之后却被痛苦和困难所震惊——
现在你知道为什么在你手的下面
你没有感觉到我的心在跳动。

1915年

“当这口井……”

当这口井寒冷深处一块白色的石头，
在那里躺成我心中一个美妙的记忆。
我不能够并且不想与之错过：
它是我的拷问和我完全的喜悦。

我想，他会直接窥入
我的眼睛，立刻会看到全部。
他将变得更加深思而沮丧
比某个人听到一个失业救济金的故事。

我知道：众神一度疯狂地把人类，
变成万物，但并不杀死人道的理性。
你已经缩小成我的记忆
使这神秘的悲伤永恒。

1916年

1914年7月19日记

我们全都变成几百岁的老人，
这是过一小时就会发生的一幕：
这架飞机冒着烟深深地插入身体——
夏天短暂，正准备离去。

与此同时，一条道路增长成五花八门的歧路，
一声哭泣飞向那里，戴着一枚银戒指，
紧闭双目，我祈祷我们最伟大的天父，
带走我的生命在被第一场战斗刺痛之前。

还有来自我的记忆，像来自现在无能为力的体重，
一道激情、诗歌和思想的影子消失，
它，此刻成空，被苍穹发布
成为句句致命的可怕之书。

1916年

“躺在我体内……”

躺在我体内，尽管它是一块白色的
石头在一口井的深处，是一段
我不能也不愿与之打仗的记忆。
它是幸福，又是痛苦。
任何人都直勾勾盯着我的眼睛
无法帮你看到它，但也不会失败
成为深思，更多的伤心和宁静
如果他正在听一些悲惨的故事。

我知道上帝把人们改造成了东西，
活着便离开了他们的意识和自由。
怎样保持天劫余生的苦难奇迹，
你已被变形并进入我。

1916年

“有的话不能说两次……”

有的话不能说两次，
他，说一次，就费掉了他所有的感官。
只有两件事永远不会有其自身的终结——
天空的蓝和上帝的仁慈。

1916年

“踏着深雪……”

踏着深雪坚硬的冻壳，
走向你秘密的白房子，
如此温柔恬静……我们俩
在漫步，在沉默中险些迷路。
还有甜蜜，胜过曾经唱过的所有歌曲，
是个美梦正在成真，
绞缠的树枝满心欢喜点了点头，
你的银马刺光环闪闪……

1917年3月　彼得格勒

“星期一。夜。21 点……”

星期一。夜。21 点。
国会大厦的轮廓在黑暗中。
一些匪徒——谁知道为什么——
编造出爱尚存于大地的故事。

人民相信它，也许是出于懒惰
或无聊，然后为此而活：
他们如饥似渴等待集会，害怕分开，
当他们歌唱，他们歌唱爱。

但这个秘密自我暴露给一些人，
继而沉默在他们身上定居下来……
我发现此事纯属偶然
现在我无时无刻不感到恶心

1917年　彼得格勒

“河流沿着山谷在爬……”

河流沿着山谷在爬，上气不接下气，
窗子用灯光照射山冈上的房子……
仿佛置身于叶卡捷琳娜时代，
我们等待收获还要走向群众。
已经将这两天完全分开，
沿着黄金般的田野骑马，我们的客人
在亲吻，在楼上，祖母的双手忙于接待，
还有我的芳唇正在走下楼来。

1917年

“现在无人愿听诗歌……”

现在无人愿听诗歌。
被预言的漫长日子来了又去。
世界已无更多的奇迹。不要打破
我的心灵、诗歌，但还是存在：你是这最后一个。

不久前你搭乘早班飞机
拥有了一只燕子的全部自由与成就。
现在既然你已沦为一名饥肠辘辘的女乞丐，
那就别去敲那陌生人的家门。

1917年

“我听见黄鹂鸟永远悲伤的声音……”

我听见黄鹂鸟永远悲伤的声音，
和这丰富夏天的欢迎受损，我听到
镰刀像蛇一般行进的咝咝声
紧贴着收割玉米的耳朵。
以及那修长收割者的短裙
飞在风中好像假期的冠军锦旗，
快乐敲钹的铿锵声，正从灰尘的睫毛下
爬进来，投来长长的一瞥。

在一些黑暗的大事件的预感中，
我不期待爱情温柔的奉承，
而是来吧，来看看这座天堂
在这里，相伴的我们是受过祝福和无辜的。

1917年

“为什么那时候我总是……”

为什么那时候我总是
把你搂在臂弯里，
为什么从你的蓝眼睛里
会射出强烈的光芒！
你长大了，长得高大、英俊，
吟诵诗歌，喝马德拉白葡萄酒，
然后开走你的鱼雷船
到小亚细亚以远。

在山地大战中
他们射杀了一名军官
差一星期才满二十岁
他仰望着上帝的世界。

1918年　彼得格勒

在夜里

月亮站在夜空里，奄奄一息，
在小小的做梦的云团中间，
还有闷闷不乐的皇宫哨兵
瞪着塔楼钟表的指针。

不忠的妻子正在走回家，
她满面愁容和坚定，
还有忠实的妻子，被梦想紧抱
在永恒的焦虑中燃烧。

对我来说他们又算得了什么？七天前，
深深地喘了一口气，我对世界告别——
那里令人窒息——我偷走了东西跑到花园里
抬头仰望群星，手摸我的小竖琴。

1918年秋　莫斯科

幽灵

他们侵入——灯笼高挂的舞会，
灯笼这么早已被点燃。
刨花般的雪片，在他们附近降落，
更明亮地闪耀，于是更像一个节日。

然后，他们甚至加快了向前的步伐，
好像追逐自己的美妙感觉，
马群奔跑着穿过飘落的雪花
在这场雪的蓝色大网之下。

还有哥萨克，穿着用金线缝成的衣服，
雪橇后面，站如石头，
然后沙皇用他的眼睛奇怪地望着
所有人——空虚的众生——然后照耀他们。

1919年1—2月

“为什么这个世纪比别的世纪更糟……”

为什么这个世纪比别的世纪更糟?
也许，因为常怀悲伤和常响警报，
它只触摸这黑色的溃疡，
但却无法在时间的跨度中将其治愈。

在别处，在西方，尘世的太阳赋予
城市的屋顶以光明的晨曦，
但是，在这里，白色已经标记了一幢房子，
却又呼唤乌鸦，继而乌鸦飞起。

1919年1—2月

彼得格勒，1919

我们忘乎所以直到最后的审判日，
在野蛮的首都——我们的监狱——
我们伟大国土上的
城镇、草原、黎明和湖畔
像在叛变。
在一个血腥的圈套中，日日夜夜，
我们在受虐之余憔悴不堪……
但却无人赶来帮助身处困境中的我们，
因为我们躲在珍爱的家中，
因为用坠入情网，
代替自由、荣誉，
我们保存了自己
它的宫殿，它的火焰与流水。

它们靠得更近了——这是另一个时代。
死一般的风冷却了我们的心，
但彼得的城，对于我们所有人
将变成神圣的墓碑。

1920年

“莫用短暂的世俗之乐憔悴你的心……”

莫用短暂的世俗之乐憔悴你的心，
绝不沉溺于你甜蜜的妻子和房子，
从你孩子亲爱的嘴边拿走最后一块面包，
送给需要的某人。

做一名奴隶，顺从于他的一句话，
他是你的敌人——起誓！宁可
把一头荒原野兽呼作兄弟，
也对上帝一无所期。

1921年

“在伊甸园最洁白的门廊上……”

在伊甸园最洁白的门廊上，
回过头来，他喊道：“我期待！”
他把为穷人和圣人写作的生命
遗赠给我。

于是当天空透明，
他扑簌簌扇动着翅膀，看见
我怎样与一位同样需要它的装袋工
分享我贫乏的一餐。

于是仿佛在一些搏斗之后，
云彩浸泡在天空的血泊里，
他能够听到我所有的祈祷
和我全部的爱情之言。

1921年

“无人平等待我……”

无人平等待我——他过去常常引用。
对他来说，我不是一个真正的女人，
但冬阳总是收敛光芒，
还有来自他的土地的一首狂野之歌，如此昂贵。
当我死时，他不会感到一丝悲痛，
不会疯狂地大叫：“回来，我的唯一！”
只是领悟：没有太阳，没有诗歌——一个灵魂……
一具躯壳无法活下去
但是现在又如何呢？

1921年

“一切都被洗劫一空……”

——致娜塔丽娅·雷科娃

一切都被洗劫一空，出卖和交易，
黑色的死神翅膀在上。
一切都被填不饱的饥饿吞噬，
那么，为什么会有一盏明灯在前方闪耀?

白天里，一片神秘的树林，靠近小镇，
呼吸出樱桃——樱桃的香气。
到晚上，七月的天空，深邃，透明，
新星撒满天。

而奇迹将会到来
靠近黑暗和毁灭，
空无一物，无人尽知，
虽然我们渴望它，从我们还是孩子时。

1921年6月

“你以为我是那种女人……”

你以为我是那种女人：
你可以轻易忘记我，
而我会恳求和哭泣
并在一匹仰天嘶鸣的枣红马蹄下自暴自弃，
或者我会请求巫师
为了一些树根熬成的迷魂汤
还要送你一个令人讨厌的礼物：
我矫揉造作香气四溢的手帕。
可恶的你！我不会允许你被诅咒的灵魂
替代含泪或单纯的一瞥。
于是我向你发誓要穿过天使的花园，
我发誓要穿过创造奇迹的圣像，
然后穿过我们夜晚的烟火：
我将永远不再回到你面前。

1921年7月　彼得格勒

“一个黑寡妇……”

一个黑寡妇——哭倒在地
用一朵阴云覆盖了所有的心……
当她的男人的话被清晰地回想起来，
她无法停止大唱哀歌。
将会一直如此，直到雪从天降
赐消瘦与疲倦一个仁慈。
赐苦难和爱情一个遗忘——
尽管支付的已经是生命——但还能够奢求更多吗？

1921年9月15日　皇村

拉结

雅各就为拉结服侍了七年。
他因为深爱拉结，
就看这七年如同几天。

——《圣经·旧约》

当雅各和拉结初相遇时，
他像个不起眼的旅人向她鞠躬。
牛群踏起热烘烘的尘土漫天飞扬，
小小的水井的嘴被一块圆石封盖。
他将这古老的圆石滚离水井
然后用干净的井水饮自己的羊群。

但一丝甜蜜的小忧伤还是蹑手蹑脚走进他的心
随每个逝去之日此消彼长。
要娶她了，他讨价还价，辛劳七年
为她刁钻的父亲拉班做牧羊人。
哦，拉结！对他眼里这名爱情的俘虏而言
七年似乎是几个闪亮的日子。

但拉班渴望银子，并且十分精明，
不崇尚怜悯，
设想上帝会宽恕所有的谎言……
像他们在自己的房子里服务一样天长地久。
他用他肯定的手挑选了家常化的长女利亚
然后领着她走向雅各，在他婚礼的帐篷里。

一个闷热的夜晚统治了高高的沙漠之上的苍穹
继而在早晨播洒迷雾、露水，
而所有的夜晚在绝望中扯着她的辫子
妹妹拉结在呻吟，
为她的厄运诅咒利亚和上帝
恳求死神的天使快点到来。

当雅各梦着最甜美的梦：
山谷里的春天清澈的水井
拉结的眼睛快乐地望着他
她优美的声音轻轻哼唱：
啊，你怎么不吻我，雅各，用爱
并且呼唤我，我总是你的黑斑鸠？

1921年12月25日

诽谤

恶劣的诽谤如影随形无处不在。
噩梦之中我感觉到她正在爬行。
在城镇，死在残酷无情的苍穹下，
当得机寻求一些面包和住所时。
她火焰的反光被所有人的眼睛看见——
有时像背信弃义，有时像单纯的恐惧。
我并不怕她。面对这里的每一个挑战
我总是有我严厉驳斥的言辞。
这一天，我无法避免，现在预见：
在黎明的晨光中，我的朋友们会来到我面前
将我的美梦引向他们无尽的悲伤，
把一枚圣像放在我此刻奄奄一息的胸膛上。
然后，不为人知，它会进入我悲伤的房间：
它的嘴将被设置在我冷却的血液里，
不断历数想象的罪行，
编织它的低音成为浮现的挽歌。
所有人将会了解它的可耻，疯狂的谎言，
它禁止人与人眼睛对视，
然后在虚空中画我正在死去的全部身体，

终于，最后一次，我满载的灵魂，此刻正在高飞
在黎明的阴霾里，有燃烧的无助感
哀莫大于抛弃大地。

1922年

“一个人应当大病一场……”

一个人应当大病一场，神志不清
全身滚烫，在恍惚中重遇每个人，
漫步在海风吹拂洒满阳光的
海滨花园宽阔的林荫大道上

甚至死者，今天已经同意光临，
还有流放者，走进我的房子。
领着孩子把小手牵到我面前。
我已长久地错过了他。

我会和那些死去的人一起吃着蓝葡萄，
喝着冰红茶
葡萄酒，然后望着灰色瀑布飞流直下
溅落在这潮湿的燧石河床上。

1922年春

致众人

我——是你们的声音，你们呼出的热气，
我——是你们的面影，
徒劳的翅膀，无用地振翅，
我和你们在一起，在任何情况下。

那便是为什么你们如此热爱
弱点中的我，罪恶中的我；
那便是为什么你们冲动地
把你们最好的儿子交给我；
那便是为什么你们甚至从来没有
问起他一个字
然后用赞美的烟雾
熏黑我永远遗弃的家。
于是他们说——弥合是不可能的，
但也不可能抛弃爱……

因为影子想与身体握别，
因为肉体想与灵魂分开，
所以，现在我想——被遗忘……

1922年9月14日　彼得格勒

“站在这湖的背后……”

站在这湖的背后，月亮并未搅动湖水
似乎变成一扇窗子，穿过它
进入一幢寂静无声、光线充足的房子，
在那里不愉快的事情已经发生。

死去的男主人已被带回家，
女主人与情人私奔而去，
或是有一个小女孩走丢了，
她的鞋被发现在小溪的河床上……

我们看不见，但感觉有一些可怕的事，
我们不想谈论。
寂寞，老鹰和猫头鹰的哭声，花园里
闷热难耐，风儿在吓唬我们。

1922年

新年民谣

在阴云密布的黑暗中，这无聊昏暗的新月
将其糟糕的光亮打发给我们的房间。
六套餐具摆放在洁白的餐桌上，
它们中——只有一具空空荡荡。

我们等待——我、我的丈夫和我的几个朋友——
等待新年的时光来和我们相会。
但是，就像毒药，一杯红葡萄酒将我灼伤，
我的手指——仿佛浸在血红之中。

主人严肃紧张，屹立不动。
当他举起他斟满的圆玻璃杯。
“我为我们祖国的泥土干杯，
我们每一个人都会躺在里面！”

当时我的朋友大声惊叫，同性恋者的声音，
同时让人想到有点天真，
“我为她的歌曲干杯，为她美丽的歌声，
听着它我们永远精力充沛！”

但是第三位，我认为，直到现在尚不知情，
当他闭上他的双眼，
马上应和了我的想法：
“我确信我们全体现在正要为他
干杯，他还没有赶来和我们聚会。”

1923年

罗得的妻子

罗得的妻子回头一看，然后变成了一根盐柱。

——《圣经·创世记》

神圣的罗得正独自行进在上帝的天使身后，
他在一座小山上显得高大而明亮，高大而幽暗。
但是鼓励他妻子的耳语越来越聒噪越来越陌生。
“不算很晚，你有时间回头看看
站在你出生的索多玛升起的炮塔，
你歌唱的广场，你跨越的庭院，
从窗户可以看到你温馨的家
在那里你为你亲爱的男人生下的孩子们。”
她看了——她的双眼顷刻间被痛苦
捆绑——什么都看不见：
她敏捷的双脚长成无情的土地，
她的身体变成了一根盐柱。

谁来哀悼她作为罗得家族的一员？
对我们来说她不是最小的损失吗？
但在我心深处将会永远记得
一个放弃自己生命的人，为了那单纯的一瞥。

1924年2月21日　列宁格勒

致画家

不论何时，我都可以看出你作品的伟大，
你的劳动，值得受祝福和被祈祷，
这秋天里镀金的酸橙，一望无际，
还有蓝色溪流，创造了应得的今天。

只有一个念头——还有嗜睡，正好现在，
领我进入你十分安静的花园的绿荫，
在那里，我害怕每一次转弯和树枝，
在完全的遗忘中，寻求我从前的踪迹。

哦，我应该来到一个栩栩如生的拱门下
经过你伟大的妙手进入这冬青的天堂——
最后，面对寒冷，我的如此丢脸的热烈?

在那里我会受到祝福——永远并且圆满，
然后，关闭我眼睛的管道，烈火焚身，
再度获得从前的礼物——我的眼泪。

1924年

缪斯女神

在夜里，我恭候她，心烦意乱，
对我而言仿佛命悬一线。
什么才意味着自由、青春、荣誉，
当与这温柔的吹笛者的步态相比?

啊，她来了，掀开面纱，
用真诚的谨慎拒绝了我。
我问她:“您是否口授过地狱篇
给但丁？”她回答:“是我。”

1924年

“哦，如果我知道……”

哦，如果我知道，什么时候，一袭洁白，
缪斯女神就会走向我的住所，
面对竖琴，向永恒扔石块，
我手上温暖的皮肉将永远被压迫。

哦，如果我知道，什么时候，猛烈高飞
我爱情的顽皮暴风，最后，
面对最好的青年，含着痛苦的泪水，
我会闭上他的，像鹰一样的，亲爱的眼睛。

哦，如果我知道，什么时候，我为成功
独憔悴，我是诱人的命运，慎重，
很快就嬉皮笑脸，那么神气的一个人，并且无情，
人们将对我最后的请求作出答复。

1925年

谢尔盖·叶赛宁之忆

多么简单，生命永远离去，
没有思想和痛苦地结束、焚烧，
但对于俄罗斯诗人，从来没有
被赐予一个受祝福的死亡的权利。
最有可能，一颗铅弹会打开天堂
为有翼的灵魂无所等待的飞翔，
或一头令人敬畏的畜生，有爪子，覆盖着毛发——
仿佛逃离一块海绵——挤压生命离开心灵。

1925年

第 二 卷

去 活

(1927—1949)

“普希金的流放从这里开始……”

普希金的流放从这里开始，
莱蒙托夫的驱逐被“撤销”。
高地上有宜人的青草气息。
并且只有一次，我偶然看见，
靠近湖畔，在那儿深浅不一的悬铃木树林里徘徊，
在夜晚袭来前等待死亡判决的最后时刻——
塔玛拉永生的爱人
渴望的眼中刺目的明灯。

1927年7月　基斯洛沃茨克

“如果月光的恐惧泛滥……”

如果月光的恐惧泛滥，
整座城市将被吊在一瓶悬挂的毒药里。
没有安然入眠的一丁点希望，
我望穿发绿的阴霾
不见我的童年也不见大海，
不见蝴蝶们的结婚飞行
在雪床之上——白色水仙
在十六岁那年……
但是永恒冻住了你的坟墓之上
古柏们旋转的舞蹈。

1928年10月1日

“我打小挚爱的这座城市……”

我打小挚爱的这座城市，
今天对我似乎是
浪费的遗产
在它十二月的寂静里。

轻易到来的一切，
如此轻易地离去：
燃烧之情，祷告之声，
和第一首诗歌的祝福——

一切飞去像透明的烟，
衰败在镜子深处……
于是一个没有鼻子的小提琴手开始演奏
这无可挽回的一切。

但还是怀着陌生人的好奇，
为每件新奇的事物着迷，
我观看雪橇怎样掠过，
并洗耳恭听我的母语。

然后精神饱满、狂热而健壮，
幸福扇着我的脸庞，
仿佛一位亲爱的老友
和我一起刚刚踏上走廊。

1929年

双行诗

对于我，来自他人的赞美是——灰烬，
来自你，甚至一声责备也是——礼赞。

1931年

“野蜂蜜闻起来像自由……”

野蜂蜜闻起来像自由，
尘埃——像一线阳光。
像百叶窗——一张年轻女佣的嘴，
黄金——像虚无。
木樨草的花闻起来像水，
像一只苹果——爱。
但是我们曾经学过并且为了这一切
那血闻起来只是像血……

而在虚荣中那罗马代理摄政王
在全体人民面前洗干净他的手，
被不详欢呼的乌合之众怂恿着；
而这苏格兰女王
虚荣地洗净她纤细的手掌上
喷溅的红珠
在这女王回家的阴郁沉闷中……

1934年

最后的干杯 3

我大醉而归，那是迷失，
向我罪恶的生命，
向我俩都身陷其中的孤独，
并且向着你们的美好未来——

向我被其出卖的双唇，
向死一般的双眸，
向这邪恶的世界
而我们却不被上帝拯救。

1934年

“你们为什么要污染水……”

你们为什么要污染水
并弄脏我的面包?
你们为什么要把最后的自由
变成小偷的贼窝?
因为我没有揶揄的言语
在朋友们悲惨死去之时?
因为我保持真实
对我悲哀的祖国?
随它去吧。没有刽子手和绞刑台
诗人无法在这世界存在
我们一道披散忏悔的头发
手执蜡烛，一路前行，放声哀号。

1935年

诗人

——鲍里斯·帕斯捷尔纳克

他把自个儿比作马眼，
侧脸一瞥，观察，目击，识别，
于是顷刻间水洼在闪光
仿佛熔化的钻石，结冰的松树。

淡紫色的薄雾在后院休息：
站台，园木，树叶，云朵。
火车头的呼啸声，西瓜皮的咬碎声，
在香香的小孩手套里有一只羞怯的小手。

他发出雷鸣、摩擦声，他拍击着如同海浪
然后突然万籁俱寂——这意味着他
正小心翼翼地前进，穿过这片松林，
如此这般仿佛不想打扰空地轻浅的睡眠。

还意味着他在细数谷粒
用折断的茎秆，这意味着他
已经回到达利亚被诅咒的黑色墓碑，

在某个葬礼之后。

然后再一次，莫斯科疲倦地灼伤这喉咙，
远方，死一般的小钟在敲响……
谁迷失了他距家两步远的路，
在齐腰的积雪中无路可出？

因为他把烟雾比作拉奥孔，
并且赞美墓地上的蒺藜，
因为他以其诗篇的崭新声音
填满世界，回荡在新的太空——

他被奖以永葆童年，
他的慷慨和高瞻远瞩的敏锐在闪光，
整个大地是他继承的遗产，
于是他与天下人一起分享。

1936年1月19日　列宁格勒

沃罗涅日

——致奥西普·曼德尔施塔姆

城市被冻结为一把老虎钳中的固体，
树木、墙壁、积雪，像罩上了玻璃。
滑冰的轨道像在水晶之上，
我乘着被油漆过的雪橇掠过。
而在圣彼得的上空有白杨、乌鸦
有一个淡绿色的圆顶在那儿闪闪发光，
在被灰尘笼罩的太阳下又变得十分暗淡。
英雄们的战场徘徊在我的思想中，
库利科沃的野蛮人的战场。
结冰的白杨树，像为一块烤面包准备的玻璃酒杯，
现在碰杯声，越来越喧响，在空中弥漫。
尽管像是我们的婚礼，人群
举杯狂饮祝我们健康和幸福。
但恐惧和缪斯女神轮流看守
这位流亡诗人被放逐的房间，
于是黑夜全速前进，
对正在来临的黎明一无所知。

1936年3月4日

咒语

穿过高高的铁门，
越过奥克塔沼泽，
通过无法通行的道路，
穿过尚未割除的草地，
穿越黑夜的封锁线
抵达复活节的钟声
不速之客不请自到，
并非我的未婚夫——
来与我共进晚餐。

1936年4月15日

但丁

我美丽的圣乔万尼。

——但丁

甚至在死后他也没有重返
他古老的佛罗伦萨。
对该城，他决绝离去，没有回头，
对他，我要吟诵这首诗歌。
火把、黑夜、最后的拥抱，
在门槛外的远方，是命运的荒野。
他从地狱对她发出诅咒
然而到了天堂还是无法将她忘却——
但是赤裸双足，身穿刚毛衬衣
手执点燃的蜡烛，他没有走过
他的佛罗伦萨——他所挚爱的，
背信弃义，卑鄙下流，他昼思夜想的佛罗伦萨……

1936年8月17日　拉兹里夫

来点儿地理

——致奥西姆·曼德尔施塔姆

不像一座欧洲的首都
带着最美丽的光环——
而是像沉闷地流放到叶尼塞斯克，
像换乘一列火车到赤塔，
到伊希姆，到无水的伊尔吉兹，
到著名的阿特巴萨尔
到前哨斯沃博德内劳改营，
到这腐烂的铺位恶臭的尸体——
因此在这午夜
该城向我展现幽暗的蓝——
该城被第一位诗人赞美，
被我们两个罪人，主要是被你。

1937年

鲍里斯·皮利尼亚克之忆

所有这些你孤身一人能够猜想……
当无眠的黑暗沸腾，
那阳光，那山谷里的百合花挤进来
将刺穿十二月夜晚的阴暗。
于是沿着此路我将走到你面前。
于是你会无忧无虑地开怀大笑。
但是松树林和池塘边的灌木丛
答之以一种奇怪的回声……
哦，如果我正在走向死者，
原谅我，我无法做别的：
我为你而悲伤仿佛为我自己，
并且我羡慕任何一个哭泣者，
在此可怕的时刻他能够哭泣
为这个躺在这黑竹沟深处的人……
但是水分在抵达我双眼之前就被煮沸了，
我的双眼不再清凉。

1938年

书上题词

你给的——是你的。

——绍塔·鲁斯塔韦利

在聋了的废墟下，我字正腔圆地讲演，
从一场雪崩下大声呼喊：
仿佛我正在白色的生石灰里燃烧，
声音低于地下室的电压。

我将模拟又哑又失败的冬天，
快速，靠近，这曾经打开的入口，
但他们会听到我孤独的声音，
并且相信其中会有他们最后的宣判。

20世纪30年代

庆祝

庆祝我们的周年——君不见
今晚，我们第一个冬天的雪夜
再度归来，自每一条道路和每一棵树木——
那钻石般华丽的冬夜。

蒸汽泻在黄色马厩之外，
莫伊卡河沉到大雪之下，
月光的迷离，仿佛它置身于寓言之中，
我们正向着何方前进——我全然不知。

在战神广场上有冰山。
列比亚日亚的疯狂用水晶艺术来展现……
谁的灵魂能够与我的灵魂相比，
如果喜悦和恐惧都在我心里？——

如果你的声音，一只奇妙的鸟儿的叫声，
在我的肩头战栗，在夜里，
于是积雪闪耀出一道银色的光芒，
我被突然射来的光线所温暖，或是被你的话语？

1939年

“我的邻居，出于同情……”

我的邻居，出于同情——送出两个街区以外，
老妇人们，依照习俗——只送到大门口，
而他，曾经与我牵过手的故人，如上所述，
和我一起去我定居的矿山。
他去了，独自一人，站在地面上——
黑色飘满天空，祖国醇厚的泥土，
然后大声地呼唤我，但却没有回响
他，一如从前，我的声音热情依旧。

1940年

致伦敦人

时代用其冷漠的手正在写作
莎士比亚的第二十四部戏剧。
我们自身和客人的可怕盛宴在此，
将更好地阅读哈姆雷特、凯撒大帝和李尔王
在这条河上，在覆盖着铅的沉重中；
更好地——承担，高唱圣歌，高举火把，
朱丽叶，这只鸽子，来到她家族的墓地，
在麦克白渎神的城堡窗子瞥见，
抖若泡沫——雇用杀手和无赖——
但愿不是这一幕，主啊……哦，不是这个……哦，
不是……
我们已经没有力气阅读这一幕！

1940年

柳树

还有那树上的枯枝……

——普希金

我生长在多姿多彩的寂静中。
在这年轻世纪的清凉苗圃里。
对我而言，人声并不亲切
但是风声，我能理解。
但是最好的银柳树，
它怡然自得地活着
伴我一生，哭泣的树枝
用梦想煽动我的失眠
真是不可思议！——我比它活得还要长久。
树桩站在那里；其他柳树都在交谈
发出奇怪的声音
在我们的天空下。
但我沉默不语……仿佛死了一个兄弟。

1940年1月18日　列宁格勒

“对于颂歌大军来说……”

对于颂歌大军来说，我毫无用处，
或对于感伤的魅力表演
对我来说，所有的颂歌都不舒服
不是通常的道路。

如果你只是知道垃圾会升值
走向颂歌，寡廉鲜耻，
喜欢栅栏边鲜艳夺目的蒲公英，
像牛蒡，像杂草。

一声愤怒的呼喊，令人振奋的焦油味，
神秘的霉斑在这墙上……
然后写出来一首诗，由衷地轻松、温柔，
坦然面对你们的喜爱和我自己的。

1940年1月

纪念米·阿·布尔加科夫

我的礼物在此，不是玫瑰绽放在你墓前，
不是几支焚香袅袅。
你超然隐居，力保晚节
你气吞山河，蔑视一切。
你痛饮美酒，笑语连篇，
在沉闷的围墙中窒息。
孤独的你把可怕的陌生人放进来，
与孤独的她待在一起。

现在你离去，没人吐露一句话
关于你多灾多难但却无比崇高的生命。
只有我的声音，像一支长笛，将抽泣
在你一片哑然的葬礼盛宴上。
哦，谁敢相信，半疯的我，
我为埋葬过去而悲伤成疾，
我，在文火上燃烧，
失去了一切，忘记了所有，
命中注定要纪念一个人
如此充满力量、意志和光明的发现，

他似乎昨天还在跟我聊天，

掩藏起致命的疼痛的战栗。

1940年3月　列宁格勒　喷泉楼

马雅可夫斯基在 1913

你如日中天时我不认识你，
我只记得你暴风雨的黎明。
但也许今天我有这个权利
回想起远去岁月中的某一天。
在你的诗中有着怎样的坚定，
新生的声音蜂拥而来……
你年轻的双手不会躺倒无所事事
你正在搭建强大的脚手架。
你所触及的一切
似乎不再与从前一样。
你所破坏的——已经破坏了，
在每个字里都有一个判决的打击。
孤独并且牢骚满腹，
你不耐烦地催促你的命运向前冲锋，
你知道快乐和自由已经不久，
你将开始你伟大的战斗。
当你面对我们朗诵时，
嗡声四起，响应如潮，犹在耳际，
雨水愤怒地斜睨着它的眼，

你与这城市发生了激烈的争吵。
但你尚且默默无闻的名字
却像光芒四射到这古板沉闷大厅的每一个角落，
以至于今天，珍爱遍及四野，
它或许又要响起了，仿佛一句战斗口号。

1940年3月8—10日

迟复

我的玉手美人、黑暗公主。

——玛·茨维塔耶娃

隐形人、双重性、开心果，
你隐藏在灌木丛深处，
此君蜷缩在八哥屋里，
此君翩翩飞过死者的十字架，
此君自玛林基纳塔楼哭喊着：
“今天我已回到家。
故土怀抱我
因为发生了什么
深渊吞没我的亲人，
祖屋已被侵吞。”

* * *

今天我们在一起，玛丽娜，
步行穿过午夜的首都，
在我们身后有千百万爱我们的人

从来没有一支比这更安静的队伍，
被葬礼的钟声陪伴
还有这荒凉的莫斯科呻吟着
一场暴风雪埋葬了我们所有的足迹。

1940年3月16日　喷泉楼

关于诗歌

——致弗拉基米尔·纳尔布特

它是——失眠女人的胸衣，
它是——弯曲的蜡炬成灰，
它是——新婚初晨的钟声
来自千百个白色的钟楼……
它是——温暖的窗台
在切尔尼戈夫的月亮下，
它是——蜜蜂，它是——三叶草香，
它是——尘埃，和忧郁，和狂热。

1940年4月　莫斯科

“一个人行走在直道上……”

一个人行走在直道上，
一个人在一个圆圈里溜达。
在他离开的日子，等待着一位姑娘，
或是为了返回家乡。

然而我确实去了——并且灾难就在那里
在一条不直也不宽的路旁，
但却从未抵达，毫无结果
像火车——脱轨。

1940年

“听着，我在警告你……”

听着，我在警告你
我活着就是为了最后时刻的来临。
不像一只燕子，也不像一棵枫树，
不像一根芦苇，也不像一颗星辰，
不像春水
也不像钟声……
我会报答麻烦的人类
我也不会再度惹恼他们的美梦
用我不知足的悲叹。

1940年

绿荫

“一个女人如何知道她的死期？”

——曼德尔施塔姆

我们中最高挑的、最倜傥的，为什么记忆，
迫使你从往昔出现，穿过
下了火车，摇曳生姿，找到了我
透过窗玻璃清除异形?
天使还是小鸟？我们如何辩论！
诗人认为你像半透明的稻草。
透过幽暗的睫毛，你的眼睛，格鲁吉亚，
寻寻觅觅，柔情万种，望着所有这一切。
哦，绿荫，请原谅，蓝色天空，福楼拜，
失眠，迟开的丁香花，
给你，还有这华丽的一年，
1913，在我心底，和你的
晴朗的温带的下午，记忆
对于现在的我已经变得如此艰难——啊，绿荫！

1940年8月9日夜

1940年8月

那是你的城，尤利安！

——维·伊万诺夫

当他们埋葬这个世纪，
悲哀的圣歌没有响起，
可悲的是她被装点
被荨麻和蓟的遍地葱绿。
只有殡仪业者匆忙进行，
因为他们黑暗的业务不必等待，
一片死寂，一片死寂，
能够清晰地听到时间的步履。
她沿着地面走向远方，
一具尸体——漂浮在一条洪水泛滥的河中……
儿子认不出他死去的母亲，
孙子移开他的视线，
所有脑袋低垂进深深的悲哀，
一轮钟摆似的月亮正在流逝。

像这样，曾经越过沦陷的巴黎，
此刻如此沉默地被悬挂在空中。

1940年

十四行诗

这并非那个十分神秘的画家的全部，
他具有景色美的霍夫曼的模糊的梦想——
来自那未知并且遥远的春天，似乎是，
我所能够观察到的一棵谄媚的车前草。

一切正被绿化——我们的城市、平原，
装饰其台阶，好像翅膀，宽大、翱翔……
然后，高举唱诗班的火炬，自由地旋转，
心灵正在走进我的领域。

于是在第四个庭院的深处，靠近这棵树，
在那里跳舞的孩子们充满快乐
对着独腿手风琴的怨愤咯咯地笑，

于是从头再来的生活是所有的钟共同敲出的丧钟之声，
于是疯狂的血液正领导我走向你
沿着这条如此平庸而单一的道路。

1941年

“去活……”

去活——如果身处自由，
去死——就像回到家里，
沃尔科夫田野上，
稻草一片金黄。

1941年6月22日（宣战日）

勇敢

此刻我们知道什么被放在历史的天平上，
在这个世界上，什么正在离去。
我们时钟的手臂指向这勇敢的时刻。
我们的勇敢绝不会摧眉折腰。
无人惧怕死在枪林弹雨中，
无人苦于失去在这里的家——
于是我们将保卫你呀，啊，伟大的俄罗斯语言，
啊，伟大的俄罗斯文字，我们全部的承担。
我们将把你扛出去，走向晴朗和自由，形同波浪，
把你从奴隶制拯救出来，把你交给我们的子子孙孙。
永永远远！

1942年

死亡 2

于是现在，我准备让一步给
这世界，全都盈利只要付价格不等的租金……
为我，这艘船也有女贞客舱，
风鼓动帆，天空下最沉重的
时刻对祖国说“再见”。

1942年

穹顶之月 1

睡在深深的悲伤里，
醒在爱情的疯狂中，
瞧，郁金香多么红！
某种奇妙的强大力量
正在进入黑暗
为其最神圣的祭坛！
小小的院子里有一只火盆，
你被烟熏得像一把剃须刀，
还有你的杨树多么高……
还有莎赫列扎妲
正从花园离去……
还有世界上最古老的东方！

1942年4月　塔什干

“每当我，出于习惯……”

每当我，出于习惯，一口气说出
我最好的朋友们——他们自身永远听不到的名字，
总是，在这个非比寻常的名单到头时，
我被一个彻头彻尾的哑巴应答。

1943年

普希金

有谁知道什么才算名满天下!
他用怎样的价格可以买到建立国家，
法制或最高的善行
关于所有的一切——如此狡黠和最为贤哲——
嬉笑怒骂，装聋作哑，
还把脚称作“小脚丫”?

1943年

穹顶之月 6

数百年来我并不在这儿，
但几个世纪这里也不曾改变，
用同一种方式弹奏的神圣的小竖琴
流淌出不朽的山巅赐予的幸福。

同样的水和星群，
以及天国的穹顶无尽的苍凉，
以及在空气流动中飞行的种子，
以及母亲们唱着同样甜美的民歌。

忘掉所有的麻烦和残酷——
它是安全的——我亲爱的亚洲的家乡……
我会再来。让栅栏开花
还有池塘变得清澈满溢。

1944年5月5日　塔什干

穹顶之月 7：月上东山

——致安娜·卡明斯卡娅

珍珠的灯和玛瑙的云
如此公平的烟熏色玻璃，
如此突然地从山坡经过，
如此庄严地航行在苍穹之上……
好像月亮奏鸣曲的乐音
立刻切割出我们的道路。

1944年9月25日　塔什干

“你，亚洲……”

你，亚洲——故土中的故土！
高山和沙漠的摇篮……
我先前所知的一切都无法与你相比
你的天空——火红、深蓝。
邻近的区域光芒万丈
仿佛隐形的仙女——神话电影。
一群鸽子飞过缅甸上空
飞向要塞坚固的中国。
伟大的人民沉默了很久，
在燃烧般的高温中自己嗫嚅着，
于是永恒的青春隐藏
在令人敬畏的华发下。
然而一个光明的新时代正在切近
向着永恒的神圣之地。
在那里，你高唱英雄赞美诗，
每个人都会成为英雄。
于是你出现在世界面前
戴着橄榄枝
于是一个崭新的真理将响彻
你古老的舌头。

1944年　塔什干

“在灵魂深处……”

在灵魂深处……我这一代……
没有蜂蜜可喂。在那船尾，
只有一阵风在令人沮丧的衰退时期里歌唱，
并记住那些死去的人们。
我们的交易从未结束，
我们的时间被终点标记；
直到我们希望的分水岭
直到春天的顶点，那会变得如此宏伟，
直到与似火的激情一起盛开——
在仅有的一瞬间里有个远方……
通过两次战争，我这一代，
你已经点燃了你可怕的道路。

1944年

“我们的冬青树和美丽的手艺……”

我们的冬青树和美丽的手艺
还在，来自世界的黎明……
与它同在——没有一盏灯的世界的启蒙。
但一个游吟诗人还没有说出过这句话：
“没有智慧，就没有老人，
死亡是一个故事，只不过被讲了两次。”

1944年

“来自这首奇异诗篇中……”

来自这首奇异诗篇中秘密的每一个字，
那里，在左在右的旋涡是一样的，
那里，在脚底下，有干树叶，名扬四海——
对我来说，人间已无救赎。

1944年

玻璃门铃

玻璃门铃
急切响起。
约会真在今天吗?
停在门前,
等了好一会儿
别靠近我,
看在上帝的分上!

1944年

老师

——纪念英·安年斯基

而这一次我想象我老师
经过，像一个影子但不留丝毫阴影。
他吸收所有的毒药，饮尽全部的懒散，
然后他等待名扬四海，且是徒劳地等待。
他是预兆、先知，
他同情世人，吸入每个人的痛苦——
然后窒息……

1945年1月16日

“你们，我的‘离开’的朋友们……”

你们，我的“离开”的朋友们，
我仍在为你们哀悼和哭泣，
不像一棵冰封的柳树终结了对你们的记忆，
而是对着这世界哭喊这些长眠大地的名字。
这是怎样的名字啊！
我砰然合上日历，
跪倒在你们全体膝下！
我的心在淌血，
列宁格勒人民还在游行，
生者、死者：光荣难分。

1942年8月　秋明

胜利（节选）

2

越过码头，第一座灯塔燃烧着——
大海游骑兵的先锋；
水手哭了然后露出他的头；
他与前后左右的死亡相伴航行
在海里，凶险万状。

3

通过我们的门，伟大的胜利停了下来……
但是我们如何赞颂她的来临呢？
让妇女将孩子们举得更高！他们是受过祝福的
用亿万条生命的死亡
如此便是最尊重的回答。

1943—1945年

忆友人

在胜利日，如此柔和、朦胧而美好，
当黎明泛红，红得好像燃烧的火焰，
好像寡妇越过无名墓碑，
姗姗来迟的春天所有的烦恼都是一样的。
蹲着的她不是匆匆站起：
而是在花蕾上呼吸，轻柔地呵护新鲜的草地，
蝴蝶从她的肩膀上起飞，无价的，
继而顺着年轻的微风献给她第一朵蒲公英。

1945年

“他，在昔日被人拜访……”

他，在昔日被人拜访，
一个国王——在模拟真实的——上帝，
他曾经被杀——其工具受痛于
我热血沸腾的胸膛总是永远向前挺进……

他们经受过死亡的考验——耶稣的证人，
严厉的士兵，和长舌妇，
罗马检察官……全体，怀着悲伤，
通过矗立着厚颜无耻的圆顶的宫殿，
在那里画有大海，黑色喷溅出一道悬崖——
他们被葡萄酒灌醉，吸入热烘烘的灰尘
并和一朵永远新鲜的玫瑰的香气在一起。

黄金自甘腐烂，浪费最好的钢材，
让大理石充塞——一切准备灭亡。
我们认为：地球上最坚定的是松树，
还有最高的存在——国王诺言，我们的开胃小菜。

1945年（？）

仿朝鲜诗歌

我梦见某人——他基本上就是你。
这是什么样的撞大运!
然后我醒了，痛哭失声，
在昏暗中呼喊你的名字。
可是他更高大更英俊
甚至，也许还更年轻，
并且他不曾光临过我们可怕日子的
秘密集会。上帝，我该怎么办?
怎么！……这个幽灵来了，
就像我半个世纪前预测的那样。
可我等待这个男人
已将我全身的力气耗尽。

20世纪40年代

在梦里

黑漆漆与旷日持久的分离
我同样地分享和你在一起。
为什么哭泣？把你的手给我，
答应我你会再来。
你和我都喜欢
高山，于是我们无法靠近。
只是有时传话给我
在午夜通过星星。

1946年2月15日

“这矫情的伊甸园……”

这矫情的伊甸园，在那里我们不是罪人，
我们只是厌恶。
还有这有害的百合花的气息，
还有不止一个遗憾。
还有笑嘻嘻的夏娃在夜间在梦里看见，
如何会有一个杀手在她子宫里，
还有武器，如此美丽和强力，
她被搬运着穿过这世纪的阴郁。

1946年（？）

保罗·布尔热

于是秋天再一次发动猛攻仿佛帖木儿，
有一丝寂静在阿尔巴特街深处。
在小小的车站或阴霾之上
这条不通的道路幽暗。

所以，在这里，这最后的一个人！愤怒
平息。仿佛世界已经变聋……
一个强有力的福音派信徒的晚年
那最痛苦的客西马尼在叹息。

1947年　喷泉楼

摇篮曲

在这摇篮的上空
我弯腰成一棵黑色的冷杉。
宝贝，宝贝，宝贝，宝贝
睡吧，睡吧，睡吧，睡吧……

不是在暗中监视一只猎鹰
既不远离也不靠近。
宝贝，宝贝，宝贝，宝贝
再见，再见，再见，再见……

1949年8月26日（下午）　喷泉楼

第　三　卷

我渴望玫瑰

（1950—1966）

和平之诗

旋转在苍穹的波浪之上，
掠过高山和海洋，
啊，我嘹亮的诗歌，
飞翔，飞翔，像一只鸽子！
去告诉每一个倾听者
那漫长等待的时间过后
如今幸存并呼吸的人们
在你们的祖国紧紧相依。
你不是独自一人——将会有许多
鸽子与你一起飞翔——
在一个遥远的门槛上，
温柔的朋友们在热心地恭候你。
飞进红得发紫的落日，
飞进令人窒息的工厂浓烟，
飞进黑人区，
远至恒河之光——蓝色流水。

1950年

“我绝无特别的要求……”

我绝无特别的要求
对这幢辉煌的房子，
它几乎陪伴了我一生。
我住在著名的喷泉宫
的屋顶下……乞丐般
到来，乞丐般离开……

1952年

普宁

于是那颗心不再有反应
对我的声音，无论悲喜。
一切都结束了……于是我的诗
飘进空空荡荡的夜，在那里你不再存在。

1953年

节日之诗

在这刺绣的台布下，
看不见桌子。
我不是诗歌之母——
但是继母
啊！白纸一张
整整齐齐！
我目睹了多少光阴
在燃烧。
被流言蜚语中伤，
被蓄意攻击击败，
盖章，盖章
用定罪的烙铁。

1955年

“这样再一次，我们胜利了！”

这样再一次，我们胜利了！
再一次我们回不来了！
我们的演讲是沉默，
我们的话，哑口无言。
我们的眼睛尚未相遇
再一次，错失了。
只有泪水忘记了
霜冻的掌控。
莫斯科附近矮树丛中的一朵野玫瑰
知道这种疼痛的
东西将被称作
不朽的爱。

1956年

“你，生来就是为了……”

你，生来就是为了诗歌的创造，
不去重复古人的语录。
虽然，也许，我们的诗歌，其自身，
只是一个单一的美丽的引句。

1956年

“让别人在南方的海边休息……”

你重又和我在一起，我女朋友的秋天。

——英·安年斯基

让别人在南方的海边休息，
享受天堂的土地，
这里是北方，这一年秋天，
我选择做我的女朋友。

我保留着这里可靠的记忆
来自我上一次拒绝的日期——
火焰，这么冷，这么舒服和纯粹，
来自我凯旋的命运。

1956年　科玛洛沃

散句：1956—1958

至于我自己仿佛一个池塘的回声，
像洞穴，难以捉摸，并且在夜间……

* * *

遗留给某把荒凉的小提琴
某人的恐怖和绝望。

* * *

而你将成为这些老女人中的一个
她们比任何人都活得长，
失去视力、听力、记忆……

* * *

而每个人都追随我，我的读者们，
我接受你们和我在一起，在那条独一无二的道路上。

“而现在……”

而现在！你，新添的悲伤，
正在扼杀我像一条蟒蛇……
继而发现我的枕头，
这黑海在怒吼。

1957年8月27日　科玛洛沃

“被遗忘？……”

被遗忘？我甚至不想知道
我正被一百年的时间遗忘，
我在坟墓里的时间，超过百年
也许，我的身体现在躺在这里。
但是缪斯女神太聋太瞎，
正在腐烂——一粒种子——在土壤的圈套里，
站起然后变成蓝色的高地
仿佛菲尼克斯来自黑色的灰烬。

1957年

警句

碧媞能喜欢但丁的创造吗？
劳拉能以爱情的打击为荣吗？
我教女人发言……
但是主啊，怎样使她们住口！

1957年

献给普希金的城

还有这皇村遮风挡雨的华盖……

——普希金

1

哦，悲痛如我！他们已经烧毁你，使你倒下……
哦，聚会比分离更难忍受！……
此处有喷泉，高尚的小巷，
远处是辽阔的古老公园；
这里特有的黎明比别处更红，
四月里有霉菌和泥土相混杂的气息，
于是这第一个吻……

1945年11月8日

2

这棵柳树的叶子干枯于 19 世纪，

为的是它能够在一百年后变得更加新鲜
在诗行间镀银。
赞美诗自中学升起烘烤着所有的时间。
半个世纪过去了……被不平凡的命运
过分地惩罚，
我已忘记，在这浑浑噩噩的日子里，多少年头
都已流走——
然而我无法重返！但即使飞越忘川我仍将带走
皇村我的花园那栩栩如生的轮廓
与我同在。

1957年10月4日　莫斯科

音乐

天空中的某物永远在自焚，
我喜欢看它奇妙的切面的生长。
在相似的命运中它与我交谈，
当别人害怕靠得太近。

当最后的朋友把脸调转过去
我从坟墓中望出去，它在静默中向我躺下来。
然后唱歌，就像歌唱五月里的一场大雷雨，
就像花园里所有花儿开始交谈。

1958年

诗集插图

它不悲哀，它不忧郁，
它几近透明，又如烟似雾，
周遭已被废弃，新婚的
家庭，黑白相间的小王冠
以及在它下方那似鹰的轮廓，
以及巴黎式刘海般的缎子
以及一个绿色的椭圆形，
非常渴望的眼睛。

1958年

“我不值得崇拜……”

我不值得崇拜，恰恰相反，
并且萨福与此无关，
我知道另有原因，
但它无有可读。
让某人通过奔跑来自我救赎，
还有其他人——通过他们“幸福”的打盹。
这些诗歌全都是地下的
与文本同在，看起来像在地狱里。
还有这地狱的呼喊并要把人拉下去，
过很久，你不会落到它的地面，
过再久，声音也不会失败
死一般的宁静躺在你面前。

1959年

夏日花园

我渴望玫瑰和我最好的花园，
那是穿着最好的衣裳穿着通风栅栏的话语。

在那里雕像记着我的青春妙龄并且受过祝福，
和我——它们全都被涅瓦河冰冷的波涛所覆盖。

在沉默中，如此芬芳，在酸橙之王中，
我听见：这艘船的桅杆在摇摆中吱吱作响。

还有帆这洁白的情人再一次穿越时代，
享受他亲如哥俩的魅力。

以及朋友的和敌人的，敌人的和朋友的
成千上万级台阶的死一般的睡眠。

以及影子火车没有终点
从花瓶的冷酷无情到宏伟的宫殿。

在那里彼此耳语着我白夜的天空
来自某人的爱情，非常隐秘而高贵。

还有所有带着碧玉和夜明珠的闪耀……
但却无人知晓光源何在。

1959年

诗人

你认为这是在工作——
这是轻松地活着；
偶然听到些音乐，
于是戏谑，向它索赔仿佛归你所有。

然后安排某人的婚礼诙谐曲
成为某种分行的形式，
诅咒某些卑鄙的心灵
在闪光的玉米田里呻吟。

然后在森林里偷听，
在松林间类似修女宣誓般独对寂静
在阴霾高悬的
烟幕里。

我要自左自右逃离，
甚至没有一丁点犯罪感，
来自狡诈的生命，
连同一切——来自夜晚的寂静。

1959年夏　科玛洛沃

读者

一个人不一定就不快乐
但首先，不要试图隐藏，不要！
为了净化同时代的人，
一首诗投射出大千世界的一切。

而舞台灯光在脚下，
每件东西都致命、空洞、明亮，
石灰灯冷冷的火焰
燎了他的眉毛。

但是每一个读者都像奥秘，
仿佛埋在地下的宝藏，
甚至这最近的、意外的一个，
他在他全部的生命中保持沉默。

有一些事物自然隐藏，
当它适宜于她，便离我们而去。
有一些人无助地哭泣
在某个特定的时刻。

还有多少黎明在那里，
还有阴影，多么冰冷，
在那里那些陌生的眼睛
与我交谈直至旭日东升，

为了某件事而责备我
但是同意陪伴我为了别的事……
因此流露出无言的忏悔，
这幸福温暖的谈话。

我们在大地上的时间稍纵即逝，
这命中注定的十足的压迫，
但是他——诗人的默默无闻的朋友——
无限忠诚并且天长地久。

1959年夏 科玛洛沃

一年四季

今天我正好返回到这里，
我所在的春天在哪里?
我既不遗憾，也不委屈，
我只是黑暗带来的。
它很深，像天鹅绒，
它是我们最亲爱的，
像干树叶从一棵树上逃逸。
像一阵风吹口哨，那是孤独的蔓延
在这光滑的冰面。

1959年

“对于我们，分离只是娱乐……”

对于我们，分离只是娱乐，
没有我们，这种痛苦是无趣的。
无论是青史留其名的饮者可怕地出现在我们房间，
抑或是十三小时的打打闹闹?
或者仅仅是遗忘、恐吓……怎样的一场争吵?
谁在开着的门里制造了一场冲突?
我正在回到我的门口，无论如何，
在里面去努力争取一场新的痛苦。

1959年

“你们会活下去，但我不会……”

你们会活下去，但我不会；也许，
这便是最后一轮。
啊，多么强有力地捕获我们
这命运的秘密阴谋。

他们用尽各种方法射杀我们:
每一种动物都有其划分，
每一种都有其顺序，强健的——
一头狼总是要被射杀。

在自由中，狼群在长大，
但与他们做的交易是短暂的。
在草地，在冰面，在雪原——
一头狼总是要被射杀。

不哭，哦，我亲爱的朋友，
设想，不论寒暑，
从狼群的足迹，你会听到
我绝望的回忆。

1959年

致诗歌

你领我去向无路之地，
穿过黑暗像一颗陨星。
你是苦难和错误的信仰，
但却不是安慰——绝不。

20世纪60年代

三月悲歌

我有足够的珍宝来自过往
一直延续到比我需要或想要的时间还长。
你了解得和我一样清楚……恶毒的记忆
不会放过其中的一半：
一座谦逊的教堂，以其黄金冲天
稍稍有点歪斜；一支严酷的乌鸦
合唱团，一列火车的汽笛声；
一棵白桦树形容枯槁在田野里
仿佛它刚刚越狱；
隐秘的午夜，一个纪念《圣经》中橡树的
秘密会议正在举行；
一条小划艇漂流在
某人的梦想之外，缓缓沉没。
冬天已在这里闲逛，
在田野里轻轻撒粉，
铸造坚不可摧的阴霾
填满像地平线一般辽远的世界。
我总想：在我们离去之后
一无所有，一切皆无。

然后是谁徘徊在门廊
再次呼叫我们的名字?
他的脸贴着磨砂窗格?
伸出的手臂挥舞着多么像一截树枝?
在应答的道路旁，在蛛网的角落里，
一场来自太阳的袭击粉碎了镜中的舞蹈。

1960年2月　列宁格勒

“许多事物……”

许多事物，也许，会感到骄傲
被我诗歌的声音歌唱。
那是，沉默，正在四周咆哮，
或侵蚀地下的石头，
或强迫它的道路穿过烟圈。
而且我想要将火、风和水
考虑进去，如此遥不可及……
那便是为什么我的梦想，像我已经发现的那样，
突然蔓延到如此程度，离去，
但却在晨星之后引我前行。

1936—1960年

回声

没有道路通向从前离去的地方。
我不渴望走过已经很久。
并且那里有什么？这座地板、石头上喋血的小石城，
遭豁免的被遗忘的门，
或者毫无耐心的回声
一片死寂，虽然我已经祷告了很多，为那里……
这无助的回声落在同样的车站，
在那里是我心中设置的唯一。

1960年

诗人之死

通灵的鸟儿会给我答案。

——帕斯捷尔纳克

中断了——这声音，无与伦比，在这里，
果园的同行永远离开了我们，
他把自己变成永恒的耳朵……
变成雨，一遍又一遍歌唱。

所有鲜花，在天空下生长，
开始怒放——遭遇正在走来的死神……
突然一片寂静，悲伤的——
星球，托举起谦卑的名字，在大地上。

1960年

“只是在过去里面寻找……”

只是在过去里面寻找，你会解锁
手套这么长像是到肘部，
彼得堡之夜，在剧院包厢里
那种气味，十分醇厚，令人窒息，
还有来自海湾的风。还有不远处——那是怎样的
震撼！
在人行道之间，空虚的激情喧嚣着，
勃洛克曾经微笑着面对你十足的恶意——
这世纪悲剧的男高音。

1944—1960年

“假如这世间的众生……”

假如这世间的众生
向我寻求情感的慰藉，
所有神圣的傻瓜和哑巴，
跛子和弃妇，
罪犯和自杀者
每人愿意送给我一个戈比——
我会比整个埃及更加富有
像已故的库兹明常说的那样。
但是他们不送我戈比，
代之以他们愿意与我分享他们的力量
于是我变成了这世上最强壮的人，
对我而言，甚至连这都不难。

1961年

亚历山大经过底比斯城

我认为，国王是厉害的，虽然年轻，
当他宣布：“你将与底比斯城等高与土地同在。”
而老元首感觉到了这座城市的骄傲，
他已经看见仿佛置身在那些被传颂的时代里。
用火点燃所有的一切！国王将其他登记注册
塔、城门、寺庙——富饶繁荣……
但却沦陷于思想，然后他带着被照亮的面孔说：
“你仅仅供给了游吟诗人家里的生存。”

1961年

我们出生的地球

世界上没有任何人——
如此简单，高大，无泪——像我们。

1922年

我们不把它带在胸前护身符的小盒里，
并且在诗歌中不为它而哭泣，
它不会将我们从苦涩的休息中唤醒，
并且似乎不会面对我们做出伊甸园的承诺。
在我们心中，我们从未尝试着待它
像一个公民，因为不断地讨价还价，
当它生病了，不快乐，而在它身上有所花费，
我们甚至忘记看望或者了解它。
是的，这脚上的污垢与我们的公正相称，
是的，咬牙切齿的嘎吱声与我们的正义相称，
我们昼夜不停地践踏它——
这纯粹的并且没有施工过的尘土。
但是我们躺进它然后单独变成它，
因此称这个地球如此自由——为我所拥有。

1961年

倾听歌唱

像一阵风，女人的声音正在飞行，
似乎是一个黑人在湿漉漉的夜晚，
那些易于触摸的事物——
全都变成了另外一种。
它如洪水泛滥伴随钻石闪耀，
某个地方某种东西银光闪闪，
并且，穿着一件不可思议的
绸衫，水花飞溅。
仿佛远方并非我们的坟墓
而是一架天堂的梯子横穿而过。

1961年

科玛洛沃素描

啊，哭泣的缪斯……

——玛丽娜·茨维塔耶娃

……于是我在这里放弃了一切，
大地上所有的祝福。
森林里的障碍物变成
“此处”守护者的幽灵。

我们全都转瞬即逝仿佛生命的过客，
活着——只是出于一种习惯。
似乎面对着我，在那天空之上
有两种声音正在交换意见。

两种？但都反对这东边的墙，
在一树新生的混乱的红草莓中，
有一片黑暗，老树发新枝……
它是——一个预言，出自玛丽娜。

1961年11月19—20日　港口医院

最后的玫瑰

您将从一个角度写下我们。

——约瑟夫·布罗茨基

我不得不与莫洛佐娃一起鞠躬，
与希律王的继女一起跳舞，
与蒂朵的大火所冒出的浓烟一起飞升，
只想返回圣女贞德火刑用的柴堆。

主啊！你看我已经倦于
生死和复活。
拿走一切吧，除了允许我能够再一次
感觉这种深红色玫瑰的新鲜。

1962年8月9日　科玛洛沃

“有她，这硕果累累的秋天……”

有她，这硕果累累的秋天！
某物晚熟，他们谴责她的分娩，
原因是为了十五个受祝福的春天，我熔化了
于是无法自己从大地上站立起来。
那时我已经意识到她，姗姗来迟，
硬努力着靠向她然后拥抱她，
但是秋天对我诅咒着，
又在秘密之中传递着她的恩惠。

1962年

“诗人不是一个人……”

诗人不是一个人，他只是一个幽灵——
甚至他是盲的，像荷马，或者像
贝多芬，聋的——
他看见一切，他听见一切，
并且他控制并发挥所有的一切……

1962年

十三行

最后，你说出了这一个具体的字，
不像他们这样……单膝跪地自我下陷，
但像他这样打破镣铐，
于是祖国的白桦林神圣的叶子看见
穿过无所等待的眼泪的彩虹。
于是寂静在我们四周开始歌唱，
于是晴朗的太阳启迪所有的黑暗，
于是世界在光明一闪中改变自身，
并且不可思议地改变了大地上葡萄酒的标准。
乃至于我不得不操起一把刀
杀死这个寄自天堂高度的字，
在神圣的敬畏中，沉没于神圣的寂静——
让被奉为神圣的生命继续。

1963年

最后

她在我们头顶仿佛一颗明星在海洋上空，
寻找着最后的带电的巨浪，
你给她悲痛和骚动的名字，
于是永不再有——我们神圣梦想的欢乐。

白天，她盘旋在我们头顶——一只燕子；
一朵微笑——她在我们猩红的唇上开花
晚上，她和我们全都陷于窒息、空虚，
和她冰凉的手在一起——在不同的城市的深处。

不为所有单调的赞美所感动，
健忘罪恶的主人，
弓身于失眠的我们床一般的头顶，怀着悲情，
她低吟诗句，绝望并诅咒。

1963年

几乎全都收进了相册

你会听到雷声并记住我，
并且认为：她渴望暴风雨。
天边冷酷无情地红了，
你的心啊，仿佛燃起大火。

那天在莫斯科，一切成真，
因这最后时刻，我选择离开，
并加快向着我渴望的高处攀登，
我正在离去的影子还与你同在。

1961—1963年

春天前夕的颂词

……你让我欣慰

——杰拉德·德·奈瓦尔

暴风雪平息在松园里，
未饮任何美酒，但却酩酊大醉，
奥菲莉娅躺在水面上——
整个夜晚洁白的寂静向我们歌唱。
而他，似乎仍未清醒，
于是便与这寂静订婚，
继而，离去，他仁慈地留在这里。
与我在一起，直到我生命的终点。

1963年

“整个莫斯科被诗句淹没……”

整个莫斯科被诗句淹没，
被可怕的歌谣之矛刺穿。
让我们在不同的课程中忍受与它们同在，
让哑巴成为它们和你在一起的
秘密的象征，尽管似乎总是——和我在一起，
你除了在婚姻中团结自己，单身一人，
带着处女的沉默，乃是苦涩，
那人在吃地下的花岗岩，
并使未来的圆完全填满，
然后，到了夜里，严禁大声说话，
通过你的耳朵预告你的灭亡。

1963年

“你，是被诅咒的……”

你，是被诅咒的，你，就像下冰雹，
你的声音狂野而简单。
但是无人能够将你翻译成
人类的语言。
你将步入彻底的遗忘
像人步入神殿。
到了那里，你将总是受祝福的
被我们的双手和心灵。

1963年

“于是我们垂下我们的眼睑……”

于是我们垂下我们的眼睑，
把鲜花投放在床上；
直到最后我们也不知道
怎么称呼彼此。
直到最后我们也不敢于
说出自己心爱的名字，
仿佛目标已经接近，却又放慢了脚步
我们仿佛被施了魔法。

1963年　莫斯科

呼叫

哪一支奏鸣曲，你会
被我隐藏在心里——悉心照料?
多么不安，对我来说，
呼叫你吗，完全不公平
因为如此亲密，如此美好
你对我来说，虽然只是一小会儿……
你的梦——正溶解在一种溶剂中，
在哪儿死去——不过是对静音征税。

1963年

“我现在大步走在无欲之地……”

我现在大步走在无欲之地
在那里只有影子是最佳伴侣。
来自荒凉花园摇曳的一阵风，疏远，
于是在脚下——坟墓的脚步冰冷。

1964年（？）

取自意大利日记

阴差阳错我们相遇在某一年——
不是这一年，不是这一年，不是这一年……
我们都干了什么，主啊，与你同在，
与跟我们交易命运的主同在?

最好我们从未降生在这大地之上，
最好我们都住在天空的城堡之中，
我们飞翔似鸟，我们盛开如花，
但无论如何，我们都是——你和我。

1964年12月

旅行者日记

——即兴诗句

华丽闪亮——此为最后的审判日，
聚会比分离苦多。
在那里，将我托举向身后名的
是你们在世的手。

1964年12月

圣诞时光（12月24日）

——在罗马的最后一天

总结一个虚构般的假期
通常很难，对于心灵的承受来说，
我放弃了生命中的许多东西
几乎没有什么可以让我要得更多——

对我来说，科玛洛沃松树
说着一种它们自己的语言，
热爱完全独立的春天时光
它们傲然屹立，各自在天空的酒池中狂饮不醉。

1964年

最后一首

我欣喜若狂，
歌唱坟墓。
我分配不幸
以超人之力。
窗帘没有升起，
阴影旋转的舞蹈——
因此，所有我爱过的人们
已经逃掉。
所有这一切正被披露
在玫瑰花丛深处。
但我不允许忘记
昨日泪水的味道。

1964年

“这片土地……”

这片土地，尽管并非我之故土，
但将被我永远记住，
大海微微冰封，
无盐的海水。

陆地的底部比粉更白，
天空令人头晕目眩，好似葡萄美酒，
这玫瑰色的松树干
赤身裸体在日落时分。

落日落在苍天的波峰上
令我一时难以理解
这是岁月的尽头，世界的尽头，
还是神秘的神秘在我体内重降。

1964年

离开

虽然这片土地不属于我自己，
但我会记住它的内陆海
和如此冰冷的海水
沙滩洁白
像一把老骨头，松树
不可思议的红，夕阳正落向那里。

我无法说它是不是我们的爱，
或是结束的这一天。

1964年

“今天我仍旧在家……”

今天我仍旧在家，
但是先前的
一切有点奇怪——
每件东西都在秘密叛乱。
继而它们交头接耳，好像要求
此处成为它们该在的领地？——没有我，
仿佛在一宗刑事审判中
一个陷阱在四周，突然跳了出来。

1964年

“远离高悬的吊桥……”

远离高悬的吊桥。
继而在泥泞、潮湿、十二月的黑暗里
你出现了，在你全部的伟大之中：
声名狼藉，罪恶累累，怪物一般。
此刻黯淡的此君明日将如花盛开
仿佛威尼斯——世界建筑的瑰宝——
我哭喊道：“轮到你了，赢得所有的一切，
我对竖琴也对桂冠毫无要求已经太久。”

1965年1月17日

“未向一座秘密的亭子……”

未向一座秘密的亭子
这座正在燃烧的桥没有引领：
恶魔殿下走向一笼子的黄金，
而她面对一个红色的绞刑台。

1965年8月5日

“我承受不起的痛苦……”

我承受不起的痛苦
这已过二十年的玩笑——
我差点儿收到了
一封寄自他的信，
不是在我梦里，而是事实
完全是在现实之中。

1965年

“让这位澳大利亚人坐下……”

让这位澳大利亚人坐下，无形地坐在我们中间，
然后让她讲话令我们眼前为之一亮，
好像她摇摇我们的手并抚平我们的皱纹，
好像她最终原谅了不可饶恕的邪恶。
然后让一切重新开始——我们再次独立自主的时间
然后重获和平甚至宁静。

1965年8月26—27日夜

音乐

怪物似的想生出自己，
欣赏自己并窒息自己，
你没有，唉，只有一条领带
在善良与邪恶、土坑和天堂之间?
对于我意味着：你总在分界线上。

1965年

结尾之处

而在那里，梦想被加工成形
为我们俩——差别不大的梦想
被容纳；
我看见这同一个梦想，它充满力量
仿佛春天正到达。

1965年

“被你赞美是令人恐惧的……”

被你赞美是令人恐惧的……
你历数我全部的罪行
然后将我的诗列为
最后的被告陈词。

1965年

最后的散句

多么健忘的生命，而死亡——记性多好。

* * *

人人都会拥有思想对我来说那是
六十四岁时在社会的每一个底层在商店里得到了它。

* * *

刺耳的声音令人沮丧、崩溃，
把过去和未来连接起来繁殖。

* * *

我的十四行诗站立起来，
也许是这世上最后的十四行。

* * *

我不知道什么在引导我
于是向回走，跨过了如此的深渊。

* * *

而我没有要求，
既不想站在这新时代之上也不想让它将我包围。

* * *

……以血做诗韵
使血中毒
是世上最血腥的事。

* * *

在悲伤中，在激情中，在无法忍受的重压之下
在那里死亡站在每一个拐弯处，
并且有许多废墟在四处走动。

* * *

什么潜伏在镜子里？悲伤。

什么轰鸣着破墙而入？灾难。

1963—1965年

“最后的需要……”

最后的需要，她本人已经亲自提交，
然后沉思着走到一旁。

1966年2月

第　四　卷

安魂曲（长诗）

安魂曲

你不能撇下你的母亲，沦为一名孤儿。

——乔伊斯

不躲藏在异域的天空下
也不在外国翅膀的保护下——
我与我的人民在一起分享一切
在这里，厄运已经抛弃了我们。

1961年

代序

在叶若夫制造恐怖的可怕年间，我用了十七个月，在列宁格勒探监的队列中等待。有一天，不知何故，有人“挑”出了我。在那个场合，有一个女人站在我身后，她的嘴唇冻得发紫，当然，她从未在其生活中听说过我的名字。从我们全体共同的特征——麻木中抖擞出来，她凑近我的耳朵说（在那里每个人都习惯于用耳语说话）——“有人能够描述这一幕吗？”

我回答——“我能。”

就在那时有某种东西像是一丝微笑自先前的那张脸上一闪即逝。

1957年4月1日　列宁格勒

献词

高山在这样的悲痛前折腰，
大河停止奔流，
监狱铁门紧锁
关押囚犯的洞穴
濒临死亡的悲楚。
清风轻轻吹拂着某人，
温柔的夕阳温暖着他们，我们无从知晓，
不论哪里都是一样，谛听
刮削声，继而打开可恶的钥匙
行进中的士兵踏出沉重的脚步声。
早早醒来，仿佛是为了早晨的弥撒，

步行穿过发疯的首都，去探监
我们会遇见——死者一般毫无生气的太阳，
每天都在降低，涅瓦河，笼罩在迷雾之中：
但希望仍在远方歌唱。
判决书一下，顿时泪如雨下，
紧随其后的是完全彻底的隔离，
仿佛一颗跳动的心被痛苦撕裂，或
重击，她躺在那里，残酷的结局已经注定，
但她仍然设法奔走……步履蹒跚……独自一人。
你们在哪里，我的不情愿的朋友们，
我的两个撒旦之年的俘虏们？
在一场西伯利亚的暴风雪中，你们见到了怎样的奇迹？
在月亮的圆周有怎样闪闪发光的海市蜃楼？
我送给你们每人一个问候，和告别。

1940年3月

序曲

诸如此类的事件发生时只有死者
面带微笑，为他们的获释而高兴，
这列宁格勒四周悬挂着它的监狱
像一枚毫无价值的徽章，正在拍落的棋子。
尖锐，刺耳，蒸汽口哨般唱着
告别的短歌
向被定罪的犹如患痴呆症一般的队伍，
当他们成群结队，缓缓行进，沿着——
屹立在我们头顶之上的死亡之星
当无辜的俄罗斯开始蠕动
在血溅的靴子和“黑乌鸦”囚车的
轮胎之下。

一

你在黎明时分被带走。我跟随你
好像一个人在送葬时所做的那样。
孩子们在黑暗的房子里哭泣。
蜡烛燃烧，照亮了圣母像……

圣像的冰冷还在你的唇上，一颗死亡的冷汗
正在你的额头——我永远不会忘记这个细节，我要收集
与被杀害的近卫军的妻子们一起哀泣
伤心欲绝，在克里姆林宫的塔楼下。

1935年秋　莫斯科

二

静静的顿河在流淌
一轮黄月亮悄悄在天上

歪戴帽子，四处游荡，
通过这个窗口看到你的身影

身患重病，孤苦伶仃
月亮看到一个女人躺在家中

她的儿子在监狱，她的丈夫已死去
便替她做祷告。

三

不是我，别人也正在受难。我不能够
不如此这般。已经发生的一切，
被用一块黑布掩盖，
然后让火炬远离……
伸手不见五指的黑夜。

1940年

四

咯咯地笑，广开玩笑，人见人爱，
皇村无忧无虑的罪人
如果你能够预见
什么样的生活将与你相伴——
你站在那里，包裹在手中，
在克列斯泰监狱的大墙下，排在第三百号，
用你的热泪
燃烧新年的坚冰。
往返监狱的道路旁白杨树在摇曳
不发一丝声响——多少无辜的

无可指责的生命被带走……

1938年

五

有十七个月我奔走呼号，
感召你回家。
我把自己扔在刽子手脚下
为了你，我的儿子和我的恐惧。
一切都变得永远混乱——
我不再能够区分
谁是畜生，谁是人，还有多久
可以等到死刑的执行。
现在只有蒙尘的花朵，
敲击香炉叮当作响，
来自某处的铁轨延伸进乌托邦
并且盯着我的脸
并且以迅速歼灭威胁我，
一颗硕大无朋的红星。

1939年

六

多少个星期飞驰而过。即便如此，
我无法了解什么样的结果会出现，
我的儿子会如何，走进你的监狱
白夜凝视着，如此辉煌。
现在它们再一次燃烧，
凝眸如鹰，
并且，在你的十字架上，所谈话题
再度是死亡。

1939年春

七　判决

字字句句犹如石头掷地有声
砸在我仍然跳动的心胸。
不要紧，我准备好了，
处之泰然。

今天我有很多工作要做；

我需要屠杀记忆，
将我鲜活的灵魂变成石头
然后教我自己重新生活……

但如何……这酷夏天翻地覆
在我窗外像一场狂欢节；
我早就有这个预感
一个光明的日子和一幢废弃的房子。

1939年6月22日　喷泉屋

八　致死神

反正你会到来——既然如此何不现在?
我等着你；万事已经变得太过艰难。
我已经关掉灯，打开门
对你来说，如此简单，如此美妙。
采取你所希望的任何形式。从中爆裂
像有毒气体的盖子。爬到我身上
仿佛熟练的强盗使用了重武器。
毒死我，如果你想，用伤寒症呼气，

或用一个你精心准备的简单故事
(众所周知它令人反胃)，带走我
在蓝帽子警官面前，并让我
回眸一瞥
房屋管理员被吓得惨无人色的脸。
我什么都不在乎了。叶尼塞河
的旋涡。北极星的大火。
这备受爱慕的眼睛里的蓝色火花
关闭并覆盖这最后的恐惧。

1939年8月19日　喷泉屋

九

疯狂用它的翅膀
覆盖我半壁灵魂，
它喂我火辣的酒
引诱我走向深渊。

那是当我明白
同时听到我用外语发出的谵语

我必须把到手的胜利
还回去。

不管我有几多抱怨
不管我有几多祈求
它不会让我带走
哪怕一件简单的东西:

不论是我儿子可怕的眼睛——
被痛苦地镶嵌进石头
或监狱探视时间
或这种苦日子在暴风雨中抵达尽头

也不论是一只手的甜蜜的凉意
焦虑的菩提树的身影
还是明亮的远方的声音
这最后令人欣慰的话语。

1940年5月14日　喷泉屋

十　受难

“别为我哭，妈妈。
我在我的坟墓里活着。”

1

一个天使唱诗班最大的荣耀时刻，
天空渐渐变成烈焰。
他对他的父亲说：“为什么离弃我！”
但对他的母亲说：“别为我哭……”

1940年　喷泉楼

2

玛格达丽娜击打自己，放声哭泣，
这位耶稣最喜爱的女弟子变成了石头，
但在那里，母亲沉默地站在那里，
没有一个人敢去看一眼。

1943年　塔什干

尾声

1

我已经了解容颜怎样枯萎，
有多少恐惧能够从低垂的眼睑中逃亡，
有多少苦难可以将脸颊蚀刻成
似楔形文字标记的冷酷的纸页
我知道有多少绺乌黑或淡褐色的头发
一夜之间银丝雪白。我已经学会识别
在顺从的嘴唇上凋谢的微笑，
全身战栗的恐惧躲藏在空洞的笑声里。
这便是为什么我祈祷但不是为我自己
而是为在那里与我站在一起的你们全体
穿过肆虐的严寒和七月的酷暑
在一堵高耸入云但却完全瞎掉的红墙之下。

2

时辰将至，纪念死者。
我看见你们，我听见你们，我感知你们：

一人抗拒着久久拖延着面对这扇打开的窗户；
一人感觉不到她的脚在踢着脚下亲切的泥土；

一人突然摇摇她的头，回答：
“我来这儿好像回家！”

我想要得到你们所有人的名字，但名单
已被转移并且还没有其他地方可以看到。

因此，我已经用这些无意中听到的
你们所使用的谦卑的话语

为你们编织成宽大的裹尸布。不论何处，无时无
刻，
我将永远不会忘记哪怕一件事，即使在新添的悲
伤里。

即使他们用铁钳夹住我备受折磨的嘴
仍会通过亿万人民呼啸；

这便是我多么希望他们记住我，当我死时
在我纪念日的前夕。

在这个国家里，如果有人有朝一日，
决定给我树立起一座纪念碑

对这个庆典我会欣然赞同
但只有在这种条件下，不要把它建在

我出生的海边，
我已切断了我与大海最后的联系；

也不要立在皇村公园山盟海誓的树桩旁
那里有一个伤心欲绝的身影在苦苦找我。

把它立在这里——我站了三百个小时的地方
但却没有一次滑开这大铁门的门闩。

听着，甚至在幸福的死亡中我也害怕
我忘记了“黑乌鸦”囚车，

忘记大铁门怎样可恶地砰然一声巨响，一位老妇人
号啕大哭像一头受伤的野兽。

让融化的坚冰流动仿佛

自我纹丝不动的青铜眼睑淌落的泪滴

让监狱里的鸽子在远方咕咕鸣叫
当船只沿着涅瓦河静静航行。

1940年3月　喷泉楼

我的诗歌女皇（代译后记）

伊沙

A

在这世上
没有第二个女人可以做到
(就是男的也无人做到)
用现代的词句
直书永恒之诗
字字滚烫
句句伤人
最后一击足以致命
令我每每读之
心中充满广阔的爱情
和献身的欲望
甚至不惧死亡
在这世上
没有第二个女人
可以叫我的灵魂
单膝跪地
唯有安娜·阿赫玛托娃

B

风雨如磐的 1966 年
你在春天离去
我在夏日降生
一晃四十六年过去
到今天我总算明白
未受上帝的指派
我兀自到世上来
只是因为
这世上有你这样
美好的女人
不屈的诗人
让这不堪的世界
终不至彻底沦丧
除了像你一样写诗
我必须要做的一件事
就是让你在我的母语里
在你翻译过的屈原、李商隐
润色过的李白的母语里
在人类中最多的吃饭的嘴
大张着发声的伟大语言中

依然能够美轮美奂

天籁一般地吟诵

我的同样苦难深重的

祖国和人民

渴望倾听这声音

2007—2012年　中国西安

图书在版编目（CIP）数据

我知道怎样去爱：阿赫玛托娃诗歌精选集 /（俄罗斯）阿赫玛托娃著；伊沙，老G译. — 杭州：浙江文艺出版社，2018.1
ISBN 978-7-5339-5142-9

Ⅰ. ①我… Ⅱ. ①阿… ②伊… ③老… Ⅲ. ①诗集–俄罗斯–现代 Ⅳ. ①I512.25

中国版本图书馆CIP数据核字（2017）第302436号

责任编辑：罗　艺
特约监制：里　所
特约编辑：李柳杨
封面设计：周伟伟

我知道怎样去爱：阿赫玛托娃诗歌精选集
〔俄〕安娜·阿赫玛托娃　著　　伊沙　老G　译

出版发行　浙江文艺出版社
地　　址　杭州市体育场路347号　　邮编　310006
网　　址　www.zjwycbs.cn
经　　销　浙江省新华书店集团有限公司
印　　刷　河北鹏润印刷有限公司
开　　本　880毫米×1230毫米　1/32
字　　数　141千字
印　　张　8
插　　页　2
版　　次　2018年1月第1版　2018年1月第1次印刷
书　　号　ISBN 978-7-5339-5142-9
定　　价　49.80元

磨铁诗歌译丛

已出版

001 《吉檀迦利》 泰戈尔 著 伊沙、老G 译

002 《新月集》 泰戈尔 著 伊沙、老G 译

003 《飞鸟集》 泰戈尔 著 伊沙、老G 译

004 《我知道怎样去爱：阿赫玛托娃诗歌精选集》
安娜·阿赫玛托娃 著 伊沙、老G 译

即将出版

005 《一封谁谁见了都会怀念我的长信：石川啄木诗歌集》
石川啄木 著 周作人 译

006 《大象：劳伦斯诗集》 劳伦斯 著 欧阳昱 译

007 《巴黎的忧郁》 波德莱尔 著 胡品清 译

008 《观察：摩尔诗集》 玛丽安·摩尔 著 明迪 译

……

磨 铁 读 诗 会

ISBN 978-7-5339-5142-9